菲華文協叢書／05

相印集

椰島抒情（上卷）

許芥子／著

《總序》
菲華文協叢書

施穎洲

　　中國新文學運動始於一九一九年，菲華社會一九三八年始有成熟作品出現，一九四五年二戰結束，菲華文藝運動活躍，一九五〇年菲華前導作家百人組成「菲律濱華僑文藝工作者聯合會」，簡稱「文聯」，領導菲華文藝運動，直至一九七二年菲政府宣佈軍統，方暫停止活動，領導菲華文藝運動計廿二年，以後同仁面壁苦修。

　　一九八二年菲軍管放鬆，「文聯」同仁，加上新人，於一九八二年組成「菲華文藝協會」，繼續領導菲華文藝運動，直至今日，已近三十年，中間「文協」同仁亦向世界華文文壇進展。

　　「文協」成立三十年來，對菲華文壇貢獻頗大，例如向《聯合日報》借二大版，每月刊出「菲華文藝」月刊，保持與各地華文名報副刊相同的高水準，並多次邀請名作家來菲主持文藝講座，造就許多優秀作家，各已有作品集問世。

　　今逢本會創立卅週年，回首來時路，特出版發行本叢書，以資紀念，是為序。

序

施穎洲

　　菲華文學二十世紀三十年代開始活動；但有組織的文學運動，成熟的作品，到了一九五〇年才出現。菲華文學運動五十年，可以分為兩時期：由一九五〇年到一九七二年為前半期，一九八一年到二〇〇〇年為後年期，中間隔著無聲的軍管時期八年。

　　前半期，軍管之前，就作品論作品，菲華作家的詩與散文創作，看到的只有芥子及本予的創作可以永讀不厭，傳之後人。

　　芥子與本予，都是感情充沛，風度瀟灑，飽讀詩詞，才華過人的。

　　芥子的詩與散文，例如收入拙編「菲華文藝」（菲華文藝協會出版的菲華文藝運動六十年總選集）的「無題」、「戀歌」、「抒情篇」、「友情草」，可比至今仍在領導菲華文學運動的本予的「泱瀞風雲」、「烈士碑」、「芳草夢」、「昏樹暝花」，都是菲華文學的瑰寶。

　　芥子，原名許榮均，又名浩然，出身名門望族。我在芥子追悼會宣讀的許芥子先生行述，寫出我所知道的芥子，收入本選集，可說是他的小評傳。

除了他的作品，芥子少為人知的是他對於菲華文藝運動的多大貢獻。

一九五〇年，大中華日報副刊邀請菲華前列作家七十二人，舉行座談會，本人提出建議，認為菲華作家應該組成一個總會，被推選為籌備委員會主席，組成菲律濱華僑文藝工作者聯合會（簡稱「文聯」）。文聯選出的首屆常務委員三人，恰巧是同年誕生的，依月序先後是施穎洲、許芥子、柯叔寶。我們三人，連後來做過常務委員的亞薇（故蔡景福），及本予（林忠民），人稱文聯五傑。芥子夫人李惠秀（筆名枚稔）參加「文聯」辦的首屆文藝講習班，後來亦當選「文聯」理事。

「文聯」每年辦理文藝講習班，出版「文聯」季刊，演出話劇，招待國外來的文藝作家訪問團等等，做出一番轟轟烈烈的事，直至一九七二年菲律濱政府宣佈軍管才停止（但仍做著文藝運動工作）。這二十多年，文聯一枝獨秀，是這時期菲華文藝運動主流。芥子，枚稔夫婦為這運動工作，從未中斷。

八十年代前夕，菲國戒嚴，逐漸解凍。一九八二年，出席臺北首屆世界華文作家會議歸來的菲華七君子，推施穎洲為籌備委員會主席，邀請菲華前列作家，共四十八人，為發起人，組成菲華文藝協會（簡稱「文協」），取代「文聯」，挑起「文聯」的重擔。「文協」成立後，施穎洲，本予連續當選常務理事，直至今日，連同先後當選常務理事的莊良有、莎士（楊美瓊），黃珍玲，人稱「文協五傑」，「文協」成立後，芥子、枚稔夫婦，都當選理事。芥子一九八七年仙逝，枚稔現仍任理事。他們夫婦做的仍是他們在「文聯」時的工作。

　　枚稔是遠大教育學士，終身服務教育工作，是一個傑出的菲華文教工作者。她榮獲中國國語學會的金章。她退休時是任職多年的菲律濱中正學院語言中心主任。

　　文聯五傑是創建菲華文壇最為勞苦功高的一群，五人共同駕駛一架波音六〇六菲華文藝客機。他們碰巧還有一點相同，都有一個志向相同的賢慧太太：施穎洲與許玉堂（筆名羅玲，有詩刊於「文聯季刊」），芥子與枚稔（作品收入本書），柯叔寶與曾潤（名書法家曾振仲的姪女），亞薇與洪維琪（國立菲大文學碩士），本予與陳若莉（筆名九華，「文協」秘書長）。

　　如今，文聯五位夫人都還健在，男人卻只剩年齡最高的施穎洲和最年青的本予。

　　芥子枚稔伉儷將永遠生活在他們這套書中。

序
「相印集」

潘亞暾

　　世界華文文壇越來越多夫妻檔，就筆者瞭解所及，有許多夫妻當是伉儷情深文名遠揚的，例如香港的犁青和卡桑、臺灣的柏楊和張香華、夏威夷的黃河浪和連芸……他們夫唱婦和，相濡以沫，相敬如賓。這盛況以菲華文壇為最，而芥子和李惠秀堪稱第一夫妻檔。他倆感情之真摯深厚，為人之仁慈忠誠，文筆之流暢亮麗，為筆者所欽佩。

　　芥子（一九一九至一九八七），原名許榮均，福建廈門人。出身於名門望族，為革命先烈閩南討賊軍總司令許卓然將軍和廈門第一大報江聲報社長許榮智的堂弟。早年就讀鼓浪嶼英華書院，因戰事南渡，日寇侵佔菲島時，他與柯叔寶編印抗日義勇軍機關報《大漢魂》。光複後，又與柯氏主編《大華日報》副刊〔長城〕。並組織文藝社〔默社〕，編印菲華第一本文藝作品選《鉤夢集》在上海出版。而立之年前就以詩文步入文壇，直至逝世筆耕不止。一九五一年當選菲華文聯常務理事（柯叔寶、施穎洲和芥子三人）。文聯成立後，許氏為追求

一位中英文修養極高的李惠秀（後成為其妻）寫出許多美文佳作，令人豔羨。這對伉儷志同意合，相敬相愛，育有一女二男，家庭美滿幸福。芥子的貢獻是多方面的，既是著名詩人作家，又是優秀新聞工作者，還是個活躍的社會活動家，但其主要成就在詩歌創作方面。施穎洲有句名言：芥子先生永遠活在他的詩中！這是千真萬確的，值得我們學習、研究和紀念，進而發揚光大之。

據報載（見二○○○年八月二十日《聯合日報》）：「本刊為軫念詩人生前四十餘年來為菲華文壇只顧耕耘、不問收穫的苦幹、實幹、肯幹的精神，特於此期刊出東南亞樂壇巨擘黃禎茂精心為他的寄情題畫詩《獻》所譜曲的簡譜及近編的《小提琴獨奏曲》五線譜，菲旅台名音樂家張貽泉譜曲的《黃昏之歌》簡譜，與留英傑出天才作曲家莊祖欣暨僑界名作家施約翰傳神英譯，及名畫家林龍泉（江一龍）新穎的配畫，以供懷念詩人之親友與愛樂者欣賞保存。《獻》詩原為詩人生前欣賞世界名畫《PINKIE》即興之作，以默獻予當時心目中之愛人亦即後來其愛妻。《黃昏之歌》為芥子於六十年代，特為僑界傑出青年作曲家張貽泉的新曲填寫的。詞意古雅，頗有宋詞的韻味。詩人芥子平日生活恬靜平淡，唯熱愛文藝，對藝術的欣賞，極注重超越表面而進入精神；此由其題畫詩可窺見他嚮往《詩情畫意》之一斑。他的抒情篇《音樂之戀》，承蒙菲華名藝術家江一龍悉意配畫，更見情趣盎然，相得益彰。」詩人生前身後備受海內外藝術名家和菲華文藝界推崇和廣大讀者歡迎、喜愛和好評，證明其人其文其詩永垂不朽。請欣賞《獻》：

你明亮的眼睛

是破曉的晨星

長夜掛在穹蒼的明燈

你鬆卷的髮絲

似感非感的雙眉

褶雲層裏是愛的依舊

你腳下的青山綠水一片的萬紅千紫

春風描不盡玄遠幽思

我把人間一切智慧的詩句

呈獻給你浩瀚秘奧的心靈

當快意浮現在粉紅的雙頸

一絲的淺笑有一份的愛情

　　請再聽《黃昏之歌》：「彩霞似練，斜暉脈脈水悠悠，飛鳥
倦還黃昏時候，倩影何處？無心雲出岫，波光殘照裡，慶青山依
舊，擊節放歌，拼一刻青春如酒（吟白：誰知閒情拋棄久？），
好風吹，香盈袖，沙鷗權為友（吟白：問誰解風流？）且共廝
守，春歸猶未久。傷春傷別幾時休？韶華憶舊遊，芳草夢，相思
淚，付東流！為問多情，底事苦淹留？

　　應悔登高臨遠，觸目傷離緒，又惹歸思難收。天風海濤，但
願山河永秀，人兒長久。而《音樂之戀》是首優美的散文詩，讀
來賞心悅目，怡情益智；」說話的詩人何處去了？多情應笑我生
錯了時代！

　　「音樂，一聲梵亞林的律動，一串簫聲的顫抖，或是一縷鋼琴曲的餘韻都會使我茫然不知所止。萬里投荒，我在這世界走得很遠，很亂，唯有音樂使我又與人世接近，亦暫時忘卻苦惱與憎恨。當心情煩悶的時候，當意境空虛的時候，當思想傍徨歧途的時候，又當驀然發覺前途渺茫的時候，如果，此時有歌聲，有琴音，我會奮然揮劍斬斷不絕如縷的愁絲憂緒，我仍能發現生命存在之價值。」「是愛？是憎？唯有音樂才會給我一份崇高的情感。」「是幻？是真？唯有音樂才會還我那一份失去的童心。」「設想是一個有下弦月的仲夏夜，我們置身於一座豪華的客廳裡，屏息，聆聽一曲中世紀古典音樂的演奏，那謹嚴，那矜貴，那聖潔，尋幽美的琴音，一定會使你我如醉如癡，剎時間跌入幻想的夢境！」

　　「不論是聖歌、是戰歌、是牧歌、是情歌、是哀歌、是崇高、是雄偉、是豪邁、是溫柔、是哀怨，音樂已帶引你擁抱著天地的生命，已帶引你接近永生的無極。」

　　「我愛音樂，音樂使我快樂，使我忘憂，就使是蒼涼的古調，或幽怨的哀歌，它雖曾激起我懷古的愴思而愴然涕下，過後，我仍舊是歡欣無限。」

　　「音樂有人類最崇高的感情，音樂有宇宙最秘奧的心靈，音樂的生命最永恆。」

　　遍讀芥子早期至晚期全部詩作，愛不釋手，詠誦再三，直扣心弦，震撼魂魄，舒心暢氣，開闊眼界，拓展胸懷。他的詩明朗而不晦澀，含蓄而不淺露，綺麗而不落俗，讀來琅琅上口，抑揚頓挫，疏密有度，緩急適中，節奏優美，韻律高揚，語言美不勝

收，有唐詩意味，宋詞風韻，古典優雅，曲調悠揚，引人入勝，確是寫盡中華絕妙詞。請讀《無題》：「一、恍惚邯鄲一夜逆旅／醒來何曾有盛世浮華？／行腳僧人一聲去也／辛酸的歲月，破舊架裟。／／二、莫非是壺中乾坤歲月／算什麼五陵磨劍結客／青春早在記憶中遺忘／引吭勿須再慷慨悲歌。／／三、夢裏我有自己一片天地／三十三天雲羅與輕紗／可惱夜來一陣風瀟瀟／帶來了憂煩油鹽米柴。／／四、深悔當年不捨棄那襲青彩／如今更脫不下這副桎梏／且別為我慶賀這末世虛名／漫漫長夜有人陪我受苦。／／五、夢中歲月有黃昏／一刻的溫存最為消魂／海上空留逝去帆影／撥槳僅聞空虛的潮聲。／／六、從北到南，從南到北／破舊的地圖中流轉／可憐有如朝聖的行腳僧／來時風沙，去時一身雨雪。」

　　李惠秀作品先後被《菲華文選》、《菲華散文選》、《茉莉花串》、《晨光文選》與《正友文學》（一、二集）等書所收入，其主要成就在於散文創作方面。其力作有《月光組曲》、《巴石河日日夜夜》、《情感的珠璣》、《跳躍的音符》、《舊夢縈廻記芥子》、《熒光幕前絮語》、《遨遊書的世界》、《小藍花》、《秋語》和《樂韻歌聲往日情》、《清澈的源頭活水》、《茉莉花變奏曲》等；更可喜的還有關於中國語文教學的教育篇章《談中國語文》、《林懷民愛的禮物》、《滋潤文藝花朵培植文藝幼苗》、《充實語文教學設備贅言》、《學習中文，邁向中國世紀》、《青年節，致青年「中正人」》等一顯語文教師本色，更展華文作家風采。

　　她的散文一如芥子的散文，如詩如畫令人醉。他倆都極具精品意識，以少少許勝多多許，讀來如醍醐灌頂，甘露灑心，浮

想聯翩，意興飛揚。怪不得芥子當年大寫戀歌愛曲，如瘋似癡地拼命追求這位才高八斗的妙齡少女。請讀《月光組曲‧如夢的慢板》：

「誰說科學沒有人情味呢？為了讓人類享受光和熱，太陽慷慨地把光源送給地球，地球又毫無條件地把它轉贈給月亮。」

「多情美麗的月亮，裝飾了天空，又照亮了大地，讓長河似的月光，流過人類歷史浩瀚的海洋，融入秘奧的時空裡。」

「早在宇宙洪荒的年代，月亮就為穹蒼點明燈，領著星群，在黑夜裡給先民喜悅的光芒，又帶動著文明的巨輪，依著地球的軌跡展轉迴圈，自強不息。」

「月光美化了宇宙萬物，月光為夜神披上朦朧的輕紗，有時也掩飾了人間百態的真相。」

啊，多麼美麗的文字，多麼豐富的想像，多麼開闊的視野，多麼深邃的哲思，聖潔、崇高的情懷，明麗、簡樸的語言深深吸引著讀者，緊跟月光去景仰藝術家的風采。「啊，月光像一道靈河，滋潤了藝術家的心田，充實了文藝家的靈泉……。」讓讀者傾聽印象派大師杜布西的旋律、貝多芬的音符和欣賞藝術奇才梵高的畫、詩佛王維撫琴靜坐的雅姿，他們的靈感都來自月光的賞賜。

「月光河，澄清得如陳年佳釀，卻濃郁得醉人。豪飲滿觴醉了李白，更醉了蘇軾；詩仙酒後邀月共舞，連舞步也凌亂了；東坡居士濃濃的酒意，竟燻得他和自畫的《丹竹》相映成趣傳為美談。而岳武侯的雄渾，張先的婉約、王安

石的飄逸、杜工部的豪邁乃至宋朝林逋的含蓄，都是為了
月光投影而倍加生色。」

是的，月光像一道不竭的靈河，緩緩地流，有心人一伸手，
就可以掬把月光，烹調滿席精神的豐宴。

《如夢的慢板》、《如歌的行板》和《如舞的快板》構成
《月光組曲》，實為當代一流美文佳構，不亞於中國當代一流的
大手筆，這決非過譽之詞。

作家靠作品說話，誰優誰劣？讀者心知肚明，實在用不著評
論家贅述累評，這就是為什麼我大段地引用原文的緣故。芥子李
惠秀伉儷的詩文為什麼酒味這麼濃郁？讀來叫人齒舌留香。依我
看，其原因有三：一是天賦。他倆堪稱才子佳人，天賦極高，聰
穎過人，更加從小醉心文藝勤奮讀寫，興之所致，詩文交輝，其
成功之道在於：天賦＋勤奮＋興趣；二是國學基礎深厚。從其詩
文看，他倆博古通今，兼學中西，學養、修養、素養全面到位，
尤其是古典文學爛熟於心，順手拈來，引用恰到好處，比喻巧妙
生動，遣詞造句獨特新穎，結構謀篇天衣無縫，更加巧思遐想，
自是筆下生花，回味無窮；三是夫妻情深。他倆志同道合，相濡
以沫，互敬互愛，日夜切磋，取長補短，互學互補，並肩做戰
鬥，富有人生經驗，崇高的思想情操，高超的藝術技巧，故能日
新月新年年新。詩貴精，文貴簡，文學貴在新穎獨特，他倆之作
無一雷同，無不出自真情實感和浩然正氣，見人所未見，言人所
未言，寫人所未寫，不斷自我超越，後勁十足，攀登不止，貴在
堅持。

代序
緬懷芥子，回憶默社

楊美瓊

　　一九四五年，第二次世界大戰結束，菲島光復，各華報紛紛復刊，並闢有文藝副刊。當年，文壇耆老施穎洲，偕同詩人許芥子、柯叔寶等文藝前輩，皆為菲華文壇的拓荒者。芥子於八十七年棄世，但他的詩名、他的詩作，卻仍然宛如穹蒼中的星星，熠熠發亮，照耀著菲華文壇，歷久不衰。施穎洲評芥子的新詩，雖經歲月的洗禮，年代的考驗，新詩的蛻變，卻仍然是好詩。菲華樂壇名作曲家黃楨茂為芥子新詩譜成樂曲，經常在無線電台及文教界集會中彈奏及演唱，更是轟動了文藝界，顯出芥子詩作是歷久不朽的作品。除了新詩外，芥子的散文、戲劇、短篇小說，文筆典雅優美，別具風格，在菲華文壇上也享有盛名。

　　我認識芥子，純粹是偶然，更是一段機遇。那一年，岷市剛光復。僑校復課，我就讀菲律濱華僑中學（現改名僑中學院，已開辦大學）課餘喜歡閱讀各類書籍，也喜愛塗鴉。有一次，住在隔鄰姑母家的大表哥林漢成帶了幾位身著軍裝的青年軍人來他家吃晚飯，引起我們這些大孩子們的好奇。過後，大表哥說，這些

客人是他的同志，日治時代大家出生入死，在日軍的槍林彈雨中與敵人抗衡的遊擊隊員，也就是所謂地下工作者。淪陷期間，芥子與柯叔寶合編「大漢魂」，為僑胞提供軍情，他們隸屬於施逸生團長領導的抗日義勇軍團隊。光復後，受盟軍的編制，施逸生榮陞總司令，他們也各有軍職，令我聽後肅然起敬。

這幾年青年人，都是菲國淪陷前單身來菲。姑母是一位慈祥的長輩，愛屋及烏，在以後的日子裡，常讓大表哥帶他們來家吃富有家鄉風味的晚飯。日子一久，我也就與他們熟識了。除了芥子與柯叔寶外，常來的還有一位姚貽雄，是施總司令的護衛。

芥子與柯叔寶合編大中華日報的「長城」副刊，我拿出學校的作文向他們討教。芥子是詩人，詩的語言是文藝作品中最精鍊的文字，經過他悉心的指點修正，我在修辭方面有了意想不到的精進。柯叔寶為了獎勵後進，常以「長城」副刊的名義，贈送給我不少的文藝書籍，及中譯的外國名著。我記得我收到的第一本散文集是「北望園的春天」，而中譯的外國名著即是屠格涅夫的「羅亭」、「貴族之家」，及「娜拉」。在多讀多寫的學習中，我成了「長城」副刊寫作不綴的投稿者。雖然說，那個時期，我的作品是青澀的，不成熟的，但是卻培養了我寫作的興趣，牽引我踏入文字的殿堂，豐富了精神生活，也提昇了心靈世界。

當年，岷市光復後，抗日義勇軍總部設在施總司令住家的樓下。星期天辦公室空著，許芥子、柯叔寶、林漢成、姚貽雄等淪陷期間共生死的伙伴，就常聚在這兒，共渡一個悠閑的下午，後來又加入了一位名叫柯孫仁的抗日同志。那時期，芥子與柯叔寶合編「長城」副刊，對文藝寫作懷有無比的熱情，受了他們的影

響，星期天下午相聚的話題就離不了文藝創作。再後來，因受施總司令夫婦的關愛，他們這聚會就移師到二樓寬敞舒適的客廳。施總司令的兩位千金——施明珠與施秀英，一向愛好文藝，關懷「長城」副刊，也一起加入了他們的陣容。我與楊嫦娥是施秀英的同學，不久後也參加了聚會。柯叔寶即興的為這文藝聚會的組合起名「默社」。「默社」不設章程、沒有會規、不分職位，大家相處如手足，在文藝的園圃中默默耕耘，並以真摯的情懷培育永恆的友誼。

當年，施明珠就讀聖大醫學院，功課多，撥不出時間寫作，但是她非常關懷大家的作品，常常仔細的閱讀後作善意的品評。她的大書桌放置在客廳通餐廳的寬闊走道上，桌上滿是書籍、參考資料，還有一座顯微鏡。她常常一邊做作業，一邊聽我們說話，對大家就像大姐姐一般的愛護。我們封她為「社長」。施秀英筆名「岫鶯」，喜愛翻譯的工作，常中譯英美作家的小品文。楊嫦娥筆名「英子」，她的散文優美瀟灑。而我，濫竽其間，習作是散文與短篇小說。

「默社」諸友相聚的時間只有兩年多。一九四八年，林漢成南下經商，柯叔寶胸懷大志，關懷國事、黨務，工作繁忙，很多時間不在菲國。芥子回國省親渡長假，「長城」副刊交由同工負責。施明珠畢業醫科，赴美進修。我高中畢業後，隨家人移居南島，就讀詩里曼大學。於是「默社」諸友星散。

雖然「默社」諸友因各奔前程而星散，但真摯的友誼卻永恆的保留在各人的心海裡。當年相處時的點點滴滴，都是美好的回憶，不因歲月的流逝而湮沒。

　　時光一晃，數十年就無聲無息地溜走了，回憶「默社」往事，卻仍有鮮明的印象。不久前，施秀英因文章事與我聯絡，當談及默社時，她問我還記不記得有一次我們所坐的集車險一點兒與大卡車相撞的一事，我的回答是「印象鮮明，就似發生在不久之前一樣。」那時候，岷市光復不久，交通工具短缺，有一個星期天下午傍晚時，「社長」駕駛著施總司令的私人集車，載著大家到杜威大道海濱兜風，在駛下鍾士橋的時刻差點兒撞上一輛大卡車，讓大家嚇出了一身冷汗。還有啊，每次坐車兜風，姚貽雄總會引吭高歌，最常唱的是「夜半歌聲」，這是當年流行的歌曲。柯叔寶喜歡唱「初戀女」。楊嫦娥在我們學校裡有「金嗓子」的稱譽，我們最愛聽她唱周璇的「賣糖歌」。而林漢成百唱不厭的是一首英文情歌，我已記不起歌名，但歌詞中有一句是「天空是蔚藍的，我的愛情是真摯的。」他的歌聲低沉而帶著傷感，我知道他的腦海裡出現了那位他痴戀十年而仍然默默無語的美麗姑娘。

　　芥子個性內斂，我從沒有聽過他的歌聲，但他喜愛音樂，有高水準的欣賞力。他的詩作，語言精鍊典雅之外，帶有一份崇高的情感，且深具音樂性，令人讀後，心靈深受感動。「默社」時代，他的詩作甚豐。他非常重友情，曾寫了一首「友情草」的新詩，分成十二節，贈送給他十二位知心好友。我們大家在一起詳讀揣摩，猜測他所贈友人的名字，可是芥子只是含笑不語，諱莫如深。他的靈感，是不是來自「紅樓夢」的「金陵十二釵」？

　　時代久遠了，時光帶走了過去的一切，可是打開了記憶之窗，往事歷歷躍然眼前。

　　一九五七年，芥子與李惠秀喜結連理，新娘秀外惠中，是文藝界一位優秀散文家，也是僑校誨人不倦的傑出語文教師。他們的結合是菲華文壇的一段佳話。

　　芥子與李惠秀熱愛文藝與音樂，對中華文化的傳承抱有崇高的信仰與感情，夫婦兩人志趣、理想與抱負一致，婚後生活美滿，在安穩的生活中，芥子的詩作達到最高峰。他贈與愛妻的定情詩「年青的神」感情細膩含蓄，意境幽美深遠，對愛情的真摯執著，令讀者心嚮往之。由菲華文壇翻譯家施約翰英譯。

　　六十年代，芥子所寫的兩首題畫詩「獻」及「孤帆」是他作品中的經典之作。後來由施約翰英譯。而天才作曲家莊祖欣依著詩句中的音節譯成英語外，更配以樂曲。詩與音樂的結合，是文壇與音樂界的盛峰，一時轟動了文教界。

　　一九八七年，芥子辭世，文星殞落。菲華詩空中烏密佈。多少聲的唏噓嘆息，多少篇的哀悼祭文，都喚不回乘鶴歸去的詩人再以他的妙筆在詩空中描劃出一道道絢爛的新虹。

　　在芥子逝世的兩週年，菲華資深名作曲家黃楨茂為紀念故友，特將「獻」一詩譜成獨唱樂曲，後又增編為四部合唱曲。一九九六年，黃楨茂又在詩人逝世九週年紀念時，完成「孤帆」的譜曲。這幾首以芥子經典詩作為歌詞的樂曲，這幾年來，都先後無數次的在無線電台播出，也是僑校、社團及各文化界在各類慶典聚會時選唱的節目，由名歌手，名女高音，享有盛譽的合唱團演唱，每次都深獲聽眾的歡迎及激賞。

　　芥子熱愛文學，醉心文藝創作，尤其是新詩。他情有獨鍾，年青的時代即將滿腔的熱情灌注在新詩的創作上。他的志趣、稟

賦、修養、溫厚善感的天性、善良誠摯的胸懷，令他的詩品達到至真、至善、至美的最高峰。在現實生活中，他突出了文人清高自持的人格，如一朵清蓮仰然孤立於功利社會的濁流中。他的遺孀李惠秀，在文藝造詣上是菲華文藝界的優秀散文家，在杏壇上是誨人不倦的語文教育人才，數十年來無怨無悔地為傳承中華文化而奉獻心血。夫妻兩人既無視於榮華富貴，也不看重末世虛名。他們共同擁有一個不同凡俗的心靈世界，追求的是一份人生的最高境界。

　　芥子的遽然辭世，是他的愛妻李惠秀心靈最深處的哀痛。從此，在人生的道路上，她失去生命中卅多載相互扶持的知心伴侶，形單影隻，踽踽獨行的繼續人生的歷程。每逢芥子忌辰一週年、五週年、十週年……以至未來漫漫的歲月中，她都會在華文報刊編印紀念特刊，以抒發思念及哀痛的情懷。近些日子來，李惠秀珍重的整理出她寶藏多年的芥子遺作，也把她個人歷年來散見報刊、文藝雜誌的散文佳作選摘出來，合編為文集，並將以「相印集」為書名問世，以見證她與芥子在平實的人生中，經心心相印，攜手共步為菲華文壇經營文藝園地的心路歷程。這部文集，也將成為見證菲華文學史的一份重要文獻。

懷念芥子

方鵬程

　　芥子先生，是我敬仰的菲華作家之一，當年在菲律賓擔任中央社駐菲律賓特派員時，因為就讀德拉薩大學，撰寫《菲華文學：歷史與選譯》博士論文，曾與芥子夫婦、以及菲華作家有幾年的來往。他們的身影，至今都留在我的心中。

　　我對芥子的暸解，一方面來自聯合日報總編輯施穎洲先生介紹菲華文學史的資料，一方面來自閱讀芥子以及菲華作家的文章，因此，對菲華作家的歷史與作品，有一個粗淺的認識。

　　當年我在《菲華文學：歷史與選譯》中介紹說，許芥子(1919-1987)，出生於廈門的一個望族，一九三〇年代來菲律賓以前，他曾在廈門鼓浪嶼英華書院唸書。日本佔領菲律賓期間，他參加抗日地下組織，編印《大漢魂》油印刊物。

　　抗戰勝利後，《大漢魂》成為正式出版的《大中華日報》，芥子負責主編它的副刊「長城」。他和好友杜若組織了一個文藝團體「默社」，大家一起為「長城」副刊寫稿。一九四八年，他們出版了一本文學選集《鈎夢集》，百分之八十的文章，都是芥子和杜若寫的。

一九五一年，菲華文藝工作者聯合會成立，許芥子、杜若、施穎洲被選為執行委員，主持這個聯合會的運作。一九五〇年代，芥子和一位美麗的文學作家陷入情網，她就是李惠秀女士，有情人終成眷屬。

李惠秀女士畢業於遠東大學教育系，後來也執教於中正學院。

一九七二年起，芥子白天在菲華文經總會工作，晚上在聯合日報當編輯。忙碌的工作，使他沒有時間再創作。後來李惠秀女士也曾經在環球日報副刊「文藝沙龍」當編輯。

芥子曾經寫了許多詩篇、散文、小說、劇本，工作的辛勞，終於使芥子在一九八七年八月十一日辭世。當時，李惠秀女士就有意為芥子出版一本作品集。

芥子去世後，施穎洲先生曾經撰文懷念芥子。他說，芥子是一位傑出的詩人，在他的心中，芥子的詩，有很高的地位。芥子的詩，將在菲華文學史留下不朽的一頁。

芥子夫婦是一對羅曼蒂克的夫妻，常有詩文發表。我最難忘的是芥子的一首詩「無題」：

一

恍惚邯鄲一夜逆旅，

醒來何曾有盛世浮華？

行腳僧人一聲去也，

心酸的歲月，破舊袈裟。

二

莫非是壺中乾坤歲月，

算什麼五陵磨劍結客，

青春早在記憶中遺忘，

引吭毋須在慷慨悲歌。

三

夢裏我有自己一片天地，

三十三天雲羅與輕紗，

可惱夜來一陣風雨蕭蕭，

帶來了憂煩—油鹽米柴。

四

深悔當年不捨棄那襲青衫，

如今更脫不下這副桎梏，

且別為我慶賀這末世虛名，

漫漫長夜有人陪我受苦。

五

夢中歲月沒有黃昏，

一刻的溫存最為銷魂，

海上空留逝去帆影，
撥槳僅聞空虛的潮聲。

六
從北到南，從南到北，
破舊的地圖中流轉，
可憐有如朝聖的行腳僧，
來時風沙，去時一身雨雪。

芥子，這是誰的寫照啊？

方鵬程
二〇一二年二月八日
寫於台灣商務印書館

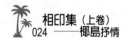
芥子的詩

林忠民

　　芥子有一首詩「坐看雲起」，其中有二句這麼說著：「多少往事如煙逝去，瞬息間你何曾抓住永恆？」動筆桿的人記下瞬息的靈感，對永恆嚮往，多多少少存了希望，但只有時間才能證明詩作身後是否抓住永恆的境界。五十年代，有些詩人還在起步，芥子的詩已經達到顛峰，如吳奕錡在海外華文文學史所說的：「他吸收了中國古代詩歌有益的養料，同時對於現代詩發展過程中的探索也積極借鑒。隨手舉個例來說：他的「無題」詩中：

　　　「恍惚邯鄲一夜逆旅，
　　　醒來何曾有盛世浮華？
　　　行腳僧人一聲去也，
　　　辛酸的歲月，破舊袈裟。」

　　這首詩的節奏起伏，有如唐詩宋詞朗朗上口的舒暢，這個特質在菲律濱五十年代還不常見。難怪文壇大老施穎洲說得好。「一首詩在五十年後來看，如果還有詩意，才是好詩。」

　　芥子的詩五十年後詩意還是很濃，可說有希望不受時間影響而消失。

　　他的另一首詩「獻」，是獻給後來成為其愛妻的李惠秀：

「春風描不盡玄遠幽思，

我把人間一切智慧的詩句，

呈獻給你浩瀚秘奧的心靈，

當快意浮現在粉紅的雙頰，

一絲的淺笑有一份的愛情。」

　　同時我們也來看看另外一首徐志摩的情詩「沙揚那拉」：

「最是那一低頭的溫柔，

像一朵水蓮花涼風的嬌羞，

道一聲珍重，道一聲珍重，

那一聲珍重，有蜜甜的憂愁，

沙揚那拉。」

　　如果上列兩首並排，芥子的情深意切，不見得如何遜色的。回想起來，認識李惠秀乃是一九四六年，菲律濱學生聯合會召開代表大會時，她代表愛國學校，我是中正的代表之一，那時才在會場認識這個純樸女孩。而一九四七年我因與柯叔寶開始文字上的交往，從而認識了芥子，亦師亦友，頓成莫逆，四十年如一日。彈指一算，六十年前的往事，本來應如塵飛煙滅，可是很奇

怪，他們的事蹟，迄今還是清晰在目，色彩鮮明。無他，這一對
夫妻都是以誠待人，所以如此。

猶記得，一九五〇年文聯在林建民的住宅舉行聖誕慶祝會，
每位文友帶上一份禮物，大家來交換抽獎。剛開始，惠秀便抽到
芥子的禮物，而芥子坐在我旁邊，表情現出若有所期待，最後，
終於抽到惠秀的禮物。因此我就鼓勵芥子說這是雙飛的天意，由
於這個鼓勵，我坐上媒人的大位。而芥子的名詩年青的神，也開
始孕育在他腹中，直到他們成為「菲華文壇第一夫妻檔」（潘亞
暾的評語）。

草完了這篇序文，猛憶起以前我每有作品，都要芥子先過
目，而芥子說如果看了眼睛不亮，就是應該丟入垃圾簍，而眼睛
亮了，就可以發表。這時候，才想到已經二十年沒有享受到這種
情誼了，不禁恍然有所失。

其實我看芥子的詩，眼睛都會亮起來。五十年代盛行離散文
學，可是芥子的詩並不落入俗套，他只是說：

「應悔登高臨遠，觸目傷離緒，又惹歸思難收。天風海濤，
但願山河永秀，人兒長久。」

對於他常憶童年時念過「天烏烏」童謠的地方，上面幾句話
的張力就包括盡了他的思念與愛心。

評論家潘亞暾讚賞……「有唐詩意味，宋詞風韻」。信然。

目 次

總序
——菲華文協叢書／施穎洲　OO3

序／施穎洲　OO4

序
——「相印集」／潘亞暾　OO7

代序
——緬懷芥子，回憶默社／楊美瓊　O14

懷念芥子／方鵬程　O2O

芥子的詩／林忠民　O24

第一輯　情韻悠遠
　　　　抒情篇　O33

　　　　夢魂草　O38

　　　　無韻的詩　O42

　　　　希望　O46

第二輯　隨筆雜思
　　　　釋「三思樓」　O49

　　　　永恆的青春　O53

　　　　閒話選美　O56

天下母親皆偉大　058

追逐名利　060

陋巷屑語　062

島中人語　065

沙漠也有綠洲　070

美哉輪焉、美哉奐焉
——賀菲律濱中正學院介壽館落成　072

時代婦女的雙重責任　074

紀念勞動節感言　076

美化岷市人人有責　078

第三輯　戲劇
月夜　083

第四輯　小說
夜曲　091

第五輯　詩情畫意
小詩一束（早期作品）　103

戀歌　110

病中　113

獻　114

年青的神　122

孤帆　128

暮煙　134

故國夢重歸　136

獨舞 140

無題六章 142

坐看雲起 145

第六輯　評論芥子的文章

芥子散文內的信息／蔡惠超 153

作協首次賞文會／學無涯整理 155

海
──詩集的評閱／許冬橋 159

稜稜峰石
──悼念杜若、芥子和亞薇／本予 162

生活的詩意
──芥子創作簡論／趙順宏 164

第七輯　懷念芥子

芥子先生行述／施穎洲 175

芥，你走得太快／李惠秀 178

浩氣歸千古　丹心昭太虛／無我 181

我所認識的芥子／陳齊治 184

吾道漸消沉
──又哭許芥子若弟／伯谷 186

芥子兄的情與愛／王偉珍 189

平凡中見偉大
──悼念師丈許芥子先生／莊杰森 192

安慰李惠秀文姊／杜瑞萍 195

豆子的話／曾文明 197

舊夢縈迴記芥子／李惠秀 199

第八輯　附錄

作曲家莊祖欣（JEFFREY CHING）　211

詩人芥子紀念特輯　213

墨寶：林啓祥　215

芥子詩詞之詩情畫意　217

紀念詩人許芥子　220

第九輯　紀念圖輯

後記／李惠秀　231

第一輯

情韻悠遠

抒情篇

么弦寫意，意密弦聲碎；

出得鳳箋無限事，猶恨春心難寄……

晏幾道

序曲

一聲歎息，一首浪淘沙歎：無根的浮萍；嬉戲追逐浪花；歎：有限的青春，能有幾度開花；歎：尋夢的詩人，靈魂回不了家。

心底下沉甸甸的，是子的鄉愁。

心底下沉甸甸的，是落寞的幽情。

曲終人散，夜霧正濃，有誰知道我此刻的心情？

音樂之戀／江一龍　畫

對著這黯淡的月色，我有說不出的苦惱與煩憂。

感謝造物主，賦我無限的生命力，使我低能的手，能譜寫自己的心曲，於是，我有一些自己編織的幸福與哀傷的歌，於是，我愛歌唱。

我愛歌唱，歌聲引我到一個羅曼蒂克的夢中。

愛使我不寂寞。惟有你在，我才願意撥弄青春的弦琴。

青春的弦琴拉緊了，我為你歌頌友誼的永恆。

春天活躍在百花叢中，你心田中那一朵忘憂花啊，開啊，開啊，為我盛開啊！如陽光照引我啊，我永為你歌唱。

朝朝，暮暮。我灌溉友情的花朵。

綠色之戀

綠，綠色的記憶耐人尋味，綠色的遠景夠人憧憬，綠色的幻想更充滿詩意。

綠，那是山野？那是溪流？那是椰林？那是蕉叢？到處是一片綠，一片綠。

綠色是畫，綠色是永生，綠色是無極。

我愛綠色的蓬勃，我愛綠色的幽邃，我更深深地愛上綠色的誘惑。

比柳絲更挺秀的頭，比明星更瑩亮的眼睛，比銀鈴更悅耳的聲音，比海燕更俊俏的背影。你啊，你是湖水，我是水上的浮蓮；你是波光，我是波上的帆影；你是綠茵，我是藍天……。

啊！綠色之神啊！魂夢相連，我卻還嫌遙遠，遙遠！

　　詩人寫下謳頌綠野的詩篇；歌者唱出大地的春天。我呢？我
能為你寫些什麼？無用的文字，那能描繪我的心聲。

　　綠是詩，綠是畫，綠色象徵我們友情的永恆。

音樂之戀

> For the common things of every day,
>
> God gave man speech in the common way,
>
> For the deeper things men think and feel,
>
> God gave poets words to reveal;
>
> But the highs and depths no words can reach,
>
> God gave man music,the soul,s own speech,（注）

　　說話的詩人何處去了。多情應笑我們生錯了時代！

　　音樂，一聲梵亞林的律動，一串簫聲的顫抖，或是一縷鋼琴
曲的餘韻，都會使我茫然不知所止。

　　萬投荒，我在這世界走得很遠，很亂，唯有音樂使我又與人
世接近，亦暫時忘卻苦惱與憎恨。

　　當心情煩悶的時候，當意境空虛的時候，當思想彷徨歧途的
時候，又當驀然發覺前途渺茫的時候，如果，此時有歌聲，有琴
音，我會奮然揮劍，劍斬斷不絕如縷的愁絲憂緒，我乃能發現生
命存在之價值。

　　是愛？是憎？只有音樂才會給我一份崇高的情感。

　　是幻？是真？唯有音樂才會還我那一份失去的童心。

　　設想是一個有下弦月的仲夏夜，我們置身於一座豪華的客廳，摒息，聆聽一曲中世紀古典音樂的演奏。那謹嚴，那矜貴，那聖潔，那幽美的琴音，一定會使你我如醉，如癡，剎那間跌入幻想的夢境！

　　不論是聖歌，是戰歌，是牧歌，是情歌，是哀歌；是崇高，是雄偉，是豪邁，是溫柔，是悲怨，音樂已帶引你擁抱著天地的生命，已帶引你接近永生的無極。

　　我愛音樂。音樂使我快樂，使我忘憂，就使是舊蒼涼的古調，或幽怨的哀歌，它雖會激起我懷古的愴思而愴然涕下，過後，我仍舊是歡欣無限。

　　音樂有人類最崇高的感情，音樂有宇宙最秘奧的心靈，音樂的生命最永恆。

藍色的小夜曲

　　夜又在歌唱了。

　　天上有閃閃的繁星，海上有明滅的漁火，這夜風與潮聲竟是一首天籟。

　　讓夜風為你輕啟心扉。那水中的月影，飛濺的浪花，將啟示你我友誼的真摯。

　　潮來，潮去，波光永遠追逐月影。為問多情，巴石河的流水，何時才映照我們成雙的影子？

　　月有盈虛，水有潮汐；唯有我對你有一份信心。

　　夜是神秘的。午夜的潮聲，啟發了多少詩人的靈感，鼓舞了多少男女的熱情。

　　聽月光與夜風在細聲私語；旅人的夢是空虛的，而少女的夢是美潔，幾時銀河才能泛著一葉扁舟，載著兩顆矜持的詩心，五湖四海到處遨遊。

　　誰為我安排著明天？誰替我實踐心底的諾言？請問一問天上的星月：午夜夢回，是誰竊聽我枕上憂鬱的低吟？

　　今夜的月光，今夜的潮聲，在你的目中發亮，在我的心中吟唱，讓我為你高歌一曲，你秘奧的心門將豁然開放……

　　願夜神重臨人間：願人兒勿忘今宵：我們有詩，有歌，有一支藍色的小夜曲。

注：這首無名氏的短詩大意如下：
　　「為了日常事件，
　　上帝賦人以平常語言。
　　為了人們較深奧的感想，
　　上帝賦人以詩句表揚；
　　但詩句探不及的深邃與幽遠，
　　上帝賦人以音樂，那靈魂自己的語言。」

　　　　　　　　一九五三年三月五日夜　載於「文聯季刊」

夢魂草

燈

設想你獨自投宿於荒村野店，夜，萬籟俱靜，對著窗前的孤燈，看燈花閃閃，青煙如縷，會不會使你興起莫名的幽思或幻念？

說你是為了尋求一個稀奇的理想走慣了漫漫的天涯路；但晚風中搖曳不定的燈花，又會使你無端有落寞之感。

明天，你仍須繼續未完的旅程；此時，你卻會心亂如麻，於瞬息間失去來時的信念。

如果你是初出門的被放逐者，背鄉離開，影單形孑，有如冥土的旅行；此時默坐燈前，心緒萬千，疲倦的身子已不勝載負遙遠的憶念，撫今追昔，你應會掉下一滴壯志未酬的英雄淚。

燈，裝飾著旅人底夢的燈。對著孤燈，你盡情地傾訴滿腔悲憤，訴盡春戀秋恨，訴盡功名塵土。漫漫長夜，就只有燈肯陪伴你的寂寞。

青色的燈，青色的旅人底夢。待到一聲雞啼，晨曦爬上窗檻，燈已經為你安排明天的航程。

窗

　　窗，一個簡陋的木格子窗，沒有綠色的掛帷，伸手也攀不到壁上的長春藤，只有過午的日光映照牆外的芭蕉在窗櫺時，才有一絲綠意。

　　獨處斗室，我怕孤獨；我怕窗會使我自絕於世界，會使我消失生存的勇氣。因此，我會瘋狂似地捶擊著窗，捶擊著門，捶擊著牆，捶擊著自己孤寂的影子。

　　日子久了，我終於習慣於單調有如上的生活，亦慢慢地愛上了窗。窗，它算是我唯一的戀人。

　　清晨，當朝曦爬上窗櫺時，迎接著溫暖的陽光，我會想起一位十八世紀偉大的天才，他光芒萬丈的生命，像早晨的太陽，普照人間，他卓越的成就，使同時代的藝人黯然無光，直到數世紀後的今日他倘活在人類的生活中。

　　黃昏，抬頭望著窗外的雲天，我會倚附窗臺，看悠悠的白雲飛越山巒，飛越田野，飛越村落，直到消失在遠方，過後，我會倦伏案上，默默地編織我自己幸福的夢。

　　夜晚，涼風帶來了陣陣的歌聲，它輕快，它熱情，它柔婉，它豪放。沉醉在清朗的歌聲中，我彷彿看到一座座竹籬茅舍下，年青的歌手們的結實身子，敦厚的臉孔，嘴邊掛著希望的微笑；也彷彿看到姑娘們豐盈的身段，緋紅的臉頰，烏瞳子流露青春的光芒。他們沒有悲哀，他們有美好的憧憬，生命也充滿著光輝。

窗，寂寞又不寂寞的窗，它曾經給我更多的生命啟示，更多的幻想，更多的智慧，也使我認識了自己。

樓

記憶中的故事常是夠甜，夠美的；但，有時也會令人黯然神傷，惆悵半日，那是當我們回味著那些淒慘可哀的故事，不一定是自己過往的經歷。

或許是日有所思，夜有所夢，幾次我又留連於那座紅瓦白牆的高樓。我那位髫齡之交的樓主人，見面時依舊是笑語相迎，但眉宇間似有一片早熟的成人的愁雲浮動；而那一位命薄如花的年青姑娘，依舊是低首窗前，趁著落日的餘輝猶在，纖手不停地刺繡。對於她，我也有她一樣的矜持。

我那位朋友，先世富甲一鄉，後來家道中落，最後幾代都是單丁相傳，到了他的時候，不幸父親早亡，剩下母子二人相依為命了。幸好，說幸好其實是不幸，前面所說的那位姑娘，當這門庭冷落的時候，恰巧遠道來依。他與她有姑表之份。像石頭記中的林黛玉一樣！她也是身世伶仃，多愁善感，生來弱不禁風，終日以淚洗臉的。環境使他們相戀相愛，環境又不使他們終成眷屬。理由很簡單：體弱多病，絕非壽征；衍衰微，香煙恐會中斷。所以，樓是充滿著無望與淒涼，充滿著愛恨與哀愁。

長年心靈的煎熬，生命開不出鮮豔的花朵。別的亭台樓閣會飄出宏亮愉快的歌聲，只有這座樓永遠蕩，憂鬱的呻吟嗟歎。絕

望的歲月使本來憔悴不堪的她更加沉默，除了呼喚他的小名時，唇邊才會浮有一絲笑紋。而他呢？隨著年歲的增加，對於新的事物已有一些模糊的觀念，也開始憧憬於叛逆的神秘的自由天地，此時他反更珍惜愛情了，為它，他決定掙脫禮教的樊籠。

　　一個月黑風高夜，村前一陣犬吠聲帶走了他最後的足音。病體支離的她撐著哀怨的眼瞼，倚窗目送愛侶的身影消逝在黑暗。此日的離別，不知道何年何日才能重見愛人歸來。黃粱早熟，最是痛苦的時候，她反沒有一滴淚水可滋潤乾涸的心田；但，從此以後，就纏綿床，上直到閉目永息。

　　夢中重歸故，理該歡樂愉恒；但觸景傷情，我出口均成哀音，只因為這座樓曾經埋葬一個孤寂的靈魂。

無韻的詩

海的抒情

我來大海的邊緣。萬里投荒，我仍顛沛流轉於大海的邊緣。

海是溫馨的。海孕育我的生命，又滌淨我的心靈。把子無盡的鄉愁，傾吐予浩瀚的海洋；把倦客悔恨的情愫，投放黛綠的波心，把旅人真摯的愛戀，寄託海神的懷抱，於是，我舒暢了，我陶醉了，我不再徘徊，我不再尋夢。

海是豪放的。波濤澎湃，萬里長風，海使我視界寬遠，胸襟遼闊，海指引我在智慧的領域中廣泛求知；海啟示我在無限的生活中尋求生的真諦；海策導我在塵霧迷茫的人世間適時進止；海更使我在繁星閃爍的夜空唯獨慕愛皎潔的月娘。

我曾赤身投入海中，讓海神伸用無數的白手，為我撫拭生活的烙痕；我曾臥倒軟綿如茵的沙灘，聆聽浪花與礁石私下私語它如數家珍似地道出我不平凡生命中的平凡往事。海呵，她為我歎息早逝的童年，她為我追尋失去的青春，她為我回憶一些淡雲輕煙般的幻夢，她為我勾起無盡念的遙遠鄉思，她更傳出我此時靈崖深處的一片歌聲……。

海闊天空。那浪花起處的帆影，那水天吻接的雲霞，那飛翔

自由的銀鷗，那無風自湧的浪濤，那悠悠逝去的白雲，……是畫家富麗的彩繪，是詩人嵒美的詩篇，是樂聖天才的結晶。我不知道，古往今來有多少歌頌海洋的詩篇，有多少讚美海洋的歌曲，我更不知道那洶湧澎湃的波濤，會把我的心靈帶上多麼遙遠，多麼遙遠……。

詩人與海

我讚美你呵，大海！

我愛戀你呵，大海！

你澄藍的波濤，曾沐浴我青春的歲月；你的彩色的貝殼，曾裝飾我童年的夢境；你的潔白的素手，曾撫慰我憂鬱的心靈。如今，我又一次倚偎你的身旁，情誼彌堅，請讓我為你低吟一闋我自譜的心曲。

午夜，清晨，我諦聽你悠遠抑揚的音韻，我的夢魂倚附片片銀鷗的翅膀，翔然神遨於萬里無雲的太空；我的夢魂隨附出沒雲海的征帆，天涯海角，到處有我的遊蹤。

我時而為你驚歎，時而為你惆悵；我時而為你歡樂，時而為你哀傷，只因為你喜怒無常，只因為狂傲虛妄；

有那曠世奇才的詩人屈原與拜倫，一是孤忠謀國，不為世諒，一是放逐異邦，末路途窮。千古傷心事，那有比詩人的遭遇淒涼？你呵，你呵，你令他效那絲盡乃僵的春蠶，令他學那淚盡成灰的蠟炬。你呵，你呵，你讓他把一腔熱血付諸逝流，讓他把百世怨艾散入波心！

海呵，海呵，有誰比你高傲？有誰比你任性？你看輕詩人的心靈，你無視藝人的傑作。無他，你，你本身便是一首悲壯的詩篇，便是一曲最具旋律的樂章，便是一幅五彩繽紛的畫圖。

呵！大海，我咒罵你，又不得不讚美你！我叱責你，又不得不愛戀你！問他往聖今哲：誰能親視你的全貌？誰能參透你的奧秘？

海上戀歌

春風蕩，明月當空。

姑娘，別辜負良宵美景：你掌舵，我把槳，讓生命的扁舟，今夜出海遠航。

「何處飄來仙樂？

抑揚，徐疾，節拍分明。

這不是天上音樂，這是海神在歌唱。

我昔為海而謳歌，而今，海為我偶爾祝福。

聽：

那一顆星沒有光？

那一晚的月兒不夠亮？

那一次你的思潮沒有她的清響？

你昔有如迷途的孤舟，尋夢，反自遺失了歸路！

青春的白帆拉滿了，雲消霧散，皓月正當空。

‥‥‥‥‥‥‥‥‥‥」

飄，飄過江河，飄過湖海。猛抬頭，滿天星斗，人間此時此地是何鄉？

「星斗啟示了我的人生。」

「明月照引了你的前程。」

「不，那不是天上的星星，那是你明慧的眼睛。」

笑了，你笑了。海風傳播你心底的回音「那不是月亮，是我，是我伴你海行。」

笑了，我笑了。靈崖迸出怒放的心花：

「你是我心底一星，你是我生命的明燈。」

唱吧！我們合唱一支愛情的歌曲。

我歌頌月亮的永恆，

我歌唱愛情的久長。

⋯⋯⋯⋯⋯

讓我們載歌載奔，邁向人生的征程。

　　　　　　　　　（一九五四・五・廿六夜）

　　　　　　　　　原載文聯季刊

希望

無須長吁短歎，

無須怨天尤人，

拿得起，該放得下，

看看後之來者，

昂首邁步，

正朝向理想的目標，

朝向無限的希望……。

原載一九八六年聯合日報

攝影：何藩

第二輯

隨筆雜思

釋「三思樓」

　　承老友杜若兄的美意，約我替改版後的大中華日報週一刊寫點東西，盛情難卻，只好勉為其難。況此公唇鼓如簧之舌，尊口一啟，四聲齊出（平上去入也），讓人難以招架，待他話匣閉後，我已如癡如醉，欲罷不能。就在這種催眠的狀態下，我竟糊裏糊塗地允諾了。

　　誰知不答應猶可，一答應就好比變身的美洲黑漢，不得偷懶，亦不得稍萌去意。最令人啼笑皆非的，是一見面就伸手要稿，從星期一催到星期五，旁人不知，多以為有什麼私人的「來腳去賬」未清，這樣，我平白變成一個賴債的歹徒，而他呢？說句不敬的話：好似一個催租婆。

　　據說報人是有「無冕帝王」之尊的，自己畢竟年輕淺識，自甘落伍，早於四年前脫離報館生涯，改行做生意了。以一個退伍的報人身份，附庸風雅不知道會不會「有辱士林」？午夜夢回，自悔一時孟浪，不該輕易答允人家。說實話，日間做生意，夜來寫文章，天下再也沒有像我這種自討苦吃的笨漢了，不過，是阿Q就有其自慰之道，每次送稿給編輯老爺，總得到一句「代命」的謝辭；「老弟，你畢竟夠朋友！你從不失約」，人都是喜歡聽諛語的，「拜受」之餘，心花怒放，昨晚遲睡二個鐘頭的悶氣，即時忘得一乾二淨。從此，偶於夜間拜訪報社的編輯部，伸手拿

汽水，香煙，總覺得自然不拘束，亦倍有味道。從前就不同了，他們的規矩是來客必須掏腰包請汽水反敬主人，喝自家的錢買來的汽水，感覺別有一番滋味在心頭，所以，我常過門而不入，甚或「銜枚疾走」，繞道而過。

　　上面的話做引子，現在言規正傳。我每星期一在這裏發表的這些東西，為何煞有介事地「賜名」「三思樓隨筆」呢？老實說，我一向對於什麼樓呀、軒呀、堂呀、齋呀是不大清楚的。那一天大概是「人急生智」？好像是不加思索地回說，就冠以「三思樓隨筆」五個字吧！名定後，我們的「催租婆」猶喋喋不休，再三要我解釋意義，人的退讓是有限度的，犧牲到了最後關頭，自會奮起抗戰，於是乎，我豎眉怒目，把聲音提高半個音階：「你忘記讀書不求甚解的老話嗎？讓人家替我解釋不更好」的答話，自信頗為得體，「深入淺出」處不下於名流的演講詞。

　　果然不出我的所料，熱心的朋友們，終於咬文嚼字地替我批註了。綜合各家的意風，不外下面二種說法：

　　他們說，三思？一定是抄襲孔子的處世哲學三思而後行。莫不是此君一向的作風魯莽如牛皋，李逵，惹事生非，到處滋事？現在大概是受過神仙的指點，領悟前非，今後立身處世，要「三思」而後行了。這樣的解釋，起初亦頗獲我心，且使我沾沾自喜。自思應係天恩祖德，前世行善，今生學良，所以才平空得到「聖人之徒」的名譽銜。及後一再思之（這真的一思了），反覺受辱。夫牛皋李逵輩，勇雖有餘，智者足，不佞雖非「頭重腳

輕」弱不禁風的讀書種子，但是「魯男子」這個雅號，人家早已註冊，我實在不敢掠美。

若謂惹事生非，到處樹敵，我更是一百個抗議。從前在報館裏工作，對於社會上一些看不順眼的事，不免有過激之論，但是無名火並非一發不可收，只要水仙種一杯，也就消痰化氣，心平氣靜。至於朋友不多，也不見得是受天生傲骨，賦性孤介之累，老實說，「情人四萬萬」的綺夢，我倒確曾做過，而敵人似乎至今一個未「樹」。

他們又說，三思？一定是思錢，思名，思愛人。前面是翻古書，現在是從數目上推論，公理婆理，均是有理。錢，錢是大家喜歡的，你愛錢，我愛錢，他會不愛錢嗎？「三思樓隨筆」的作者也是人呀，他能免俗？看完，請問在這種類似逼供的場面下，我還敢有所申辯？根據他們的解釋，凡人都愛錢，我如果獨不愛錢，可能會被視作公敵遭驅逐的，我何必作人類的叛徒呢？況且重錢是求生存，只要不失人性就無可厚非。

能夠積財如范蠡，挾西施遨五湖四海，豈非人生一大幸事？

思名，大概是指「好」名吧？不佞最近不幸擔任文藝講習會的光棍主任，更是百口莫申了。但，社會清議務求公允，「好名」的界說必須先弄清楚。且讓我先發幾個疑問：高僧不作深山破廟參禪，而喜歡在名山大剎講經，是否絕利絕名？

善士救濟貧寒之後，自己送「廣告稿」給報社刊登，豈行善的最終目的所在乎「俾眾周知」？回國投軍的志士，兩腳尚未離開僑居地，就自吹或被吹得如百戰歸來的捍城柱石，豈非有違素

志？校友會接任，百事未舉，報紙上卻已會務蒸蒸日上，似乎熱心僑教，原來由此激發？……在「好名」的界說未弄清前，恕我「雅」不欲拜受。

思愛人，這事應是常識以內的事，套用愛錢的邏輯：凡人都會思念愛人，不思念愛人者不是人！發是論者，可謂最獲我心。順此請安。

荷蒙朋友們替我下「三思樓」的定議，因此我還想繼續寫下去，語曰，名正言必順，我也自信這個名還不算「歪」，如果言有不順，應是作者淺學，力有未逮，非關取名不慎也，謹此釋疑。

原載一九六一年《劇與藝》三思樓隨筆專欄

永恆的青春

　　儘管很多人認為這個世界並不屬於曾有「昨天」，也有「今天」的老年人，而屬於有無數個「明天」的青年人，但，這個世界究竟還不是由青年人統治著。

　　現代教育普及、發達，社會上各種行業新人輩出，後起之秀嶄露頭角後逐漸成為重鎮者越來越多，但是那些被認為「過份成熟」的人，卻依舊屹立在他們工作的崗位上，年輕一輩尚未能全部取而代之。這證明了老年人並不是「廢物」，至少他們的「剩餘價值」尚彌足珍貴。

　　事實上，老年人非但不是某些過激之士憑空想像中的「廢物」反是在某些方面被證明優於年輕人。老年人與年輕人比起來，除了生理上有所不逮外，他們的經驗多，地位高，輩份大，學識富，財積厚得，卻是年輕人所望頂莫及的。

　　在工商業經濟社會中，青年的勁與幹勁固然令人擊節讚賞，但在好多方面他們還是遜於老前輩。據專家的研究所得結論，年老的員工比年輕者在工作中較少發生意外，較少曠職怠工，較少見異思遷，且較為可靠。老年人雖云因為生理上的關係，動作較遲緩，但在需要判斷與耐力的工作方面，他們的工作效率比年輕人高得多了。

　　嚴格的說，年齡不過是生命的標誌，年齡並不能絕對的決

定「老」或「青」，我們的周圍盡多六十歲的青年與十六歲的
老人哩。

詩人杉姆・宇曼的「青春」詩，已故的一代英豪麥亞杜元帥
生前最為心愛，他佔領日本時，懸此詩於盟軍總部的壁上；臥病
醫院與死神作最後生命的搏鬥時，仍不忘掛在床邊。讓我們抄錄
幾節於下：

「青年不是人生的一段時光，青春是心情的一種狀況。
青春不是尖美的鼻，
朱紅的唇，
粉嫩的面龐。
青春是鮮明的情感，
豐富的想像，
向上的願望。
像泉水一樣的清澈沁涼

「青春是勇敢戰勝了怯懦，
冒險代替了苟安。
這種心情在二十歲時所有的，
常不如五十之中年。
歲月並不能使人老邁，
使人老邁的是捨棄了理想與信心。
無情的歲月可使皮膚鬆弛下來，
而使靈魂頹唐的，卻只有熱情上的認敗。

「你的信仰象徵著你的年輕，
你的疑慮表現了你的齒增，
你的希冀描繪出你的茁壯，
你的絕望刻劃出你的頹齡。

「在你心中有一座電臺，
大地上幽美的，勇敢的，有力的聲音
從八方播來。
只要你收聽這些青春的消息，
那麼你的青春即是存在。

「當電臺的天線一旦塌壞，
譏諷的冰與悲觀的雪，
在你的心靈上層層覆蓋。
那麼你的青春真已逝去，
你的年齡真已老邁。」

　　西諺說：「每個人都渴望長壽，但是沒有人願望老，這根本是可笑的矛盾心理，請問：沒有老年怎見出長壽？現代醫學進步，人的長壽可期，不佞應祝福每個認識與不認識的朋友，在「青春」詩中找到靈感與希望。

原載一九六六年《劇與藝》「三思樓隨筆」專欄

閒話選美

　　晚近，國人頗重視「體育外交」與「美女外交」，據云，它在某些地方較正常的政治外交更能發生敦睦邦誼的作用。

　　事實為證：當楊傳廣、紀政、李秀英、劉秀嫚、于儀、田敏媛等名播四海時，他們足跡所至，確會替國家贏得更多友邦人民的友誼，的確不是穿燕尾服的外交官所能完全做到。

　　若干有心人，對於我國未能參加最近幾屆國際賽美會，頗為耿耿於懷，導因大概是眼看亞洲鄰邦的菲律濱淑女與泰國佳麗，先後在長堤奪冠稱後，而我們這個優秀民族的國色天香，反無機會獲取「世界上最美麗女人」的榮銜，若然，他們心中的那一般「怨氣」，我們是不難理解的。

　　不過，大家似乎應該明瞭一項事實，人家洋人搞「世姐」這個玩意兒，雖云無膚色種族的偏念，卻自有其一套審美標准，選美會的那些品頭論足的專家，大多數由白人充任。所以，國產的美人毋論是「男人眼中的美女」，或是「女人眼中的美女」，一應邀前往參加，命運就只好任由人家擺佈，勝敗自己作不得主。

　　歷屆前往長堤、米亞美、倫敦三地的「國姐」，一般來說，個個都具有沉魚落雁之貌，閉花羞月之容，其所以未能奪標，實吃虧在身材。嬌小型的，三圍雖勻稱，惜乎僅予人以「玲瓏可

愛」之感；體高不亞西方女子的，又失之嬌軀單薄，僅此就難望以西方女性生理標準為審美準則的評判員，給我們的「國姐」打更多的分數。

中國人傳統的審美觀念是德容並重，換言之，就是一個理想的美女，除了外型的豐美，應兼具內在的個性美，兩者缺一就不夠稱為美人了。相信，西方人的正統審美準則應亦如是，這只要看那些肉彈型的「大哺乳動物」僅能得意於銀幕上，而未嘗插足國際選美會，就可略知端倪。然則，何以「國際小姐」、「世界小姐」的后座多給西方美人爬上？問題就出在評判員的「西方女性生理標準」意識上。

對於我們來說，選美這玩意兒，應屬「可有可無」之事。說勞民傷財，或是事實，但如認為是「直把杭州作汴州」，似乎太言重，反之，不舉辦美女賽會，社會經濟也不致失去繁榮。至於出國與全球佳麗競一日之長，如能壓倒群芳，自是一大快事；不幸而名落孫山，也毋須過分懊喪。試想，僧多粥少，怎能人人皆獲第一？

　　　　原載一九六六年十二月《劇與藝》「三思樓隨筆」專欄

天下母親皆偉大

現代人的生活忙碌，兒女受他人管訓的時間較得之父母者為多，尤以西方的工業社會中，兒女越長大即與父母相處的日子越短。質是之故，現代的賢母雖決不少於古代，類似「畫狄課子」和「斷機教子」等突出事例，就不大有了。

其實，天下母親皆偉大，那一個為人子女者未曾沐浴過人類最崇高至情的母愛？那一個人未曾受過母親訓勉鼓勵向上的慈恩？只因兒女有賢與不肖之別，影響到有些母親失去其應得的尊榮。

儒家頗注重母教，凡本身曾有一段賺人眼淚的坎坷遭遇，猶能含辛茹苦教子成器者，均受到特別褒揚與推崇。今人何嘗不注重母教？對於懿行特出者也一樣予以表揚，甚至連庸碌品卑者也輕意授予賢母之銜。似此，名實不稱，豈非廉價拍賣名氣？這正是「人心不古，世風日下」的佐證。

我們並非「厚古薄今」主義者，但對著不順眼的事卻不能無言。如說近世賢母較古代為多，我們實在斗膽也不敢同意，原因是名實不相符者多之又多。晚近的風氣是：凡其兒女有過人的成就，成功為政治家、軍事家、富商、名流等，她就使再平凡不足道，也非得到一個「賢母」的榮銜不可，而做兒女的再不肖，也必須設法為慈母弄到這個美譽不可，不然，就不成為其「孝子」。

　　民初，華南一個土軍人，發跡後為其故世的父母立銘，其祖父是個小小城卒，家貧其父販鴨為業，其母是農家女，家世可謂平凡。然而在墓志專家的魔術筆下，那個手下人槍近千的土軍人的尊翁，竟搖身一變為「將門之子，名將之父」，其母亦說是「系出名門」。像這樣涅造事實以苛親的勾當，根本是「孝子」向地下不能抗議的父母開玩笑。

　　坦誠的說，對於那些有子成為僑領而贏得「賢母」之名的母親們，她們管教子女的辛勞，我們縱不欲妄信，也不敢隨便懷疑，不過是由此而想到世上盡多寂寂無聞的母親，她們的懿德善行可能亦非常人所及，她們的生平可能亦可歌可泣，值得人們的同情與欽敬，只因為兒女沒有「出人頭地」，使做母親的應得而得不到天下人的尊榮。

原載於「劇與藝」，一九六六年十二月

追逐名利

「人類要是失卻名利心，就不成其為萬物之靈了！」說這句話的人是我的朋友谷梵兄，一語道出人的本性。

絕「名」與絕「利」，的確不是俗人所能做到，而這個大千世界即以俗人占絕大多數。這就難怪我的朋友要憤世嫉俗，說出喻世諷人的「驚人之語」了。

高僧四處宣佛宏法，不願困守深山古剎，這是宗教家的任務，屬於本份工作，但如南越僧人之「以天下為己仕」，那就不如索性還俗，正式投身政海豈不更好？免得被人識為一雙腳入世，另一雙腳出世。由此可見出人類的名利心是與生俱來的，連遁跡空門的和尚神父，他們儘管可以置身苦行，過著禁欲，忍饑的生活，卻也不願放棄聞達當世的機會，假如有那種出風頭機會的話。

革命志士株守家園時，滿肚子的報國救民念頭，及至得到「一展抱負」的時候，尤其是那些因緣際會而高踞要津者，竟多成為世人責難的對象，凡其所犯之過失，不幸又是當年他所引為痛心疾首，非革除不可者。誠然，社會好比一個染缸，白帛投入其中就不會回復其本來的顏色，但是以其推過於環境，不如說是從娘胎帶來的利欲在作祟，這是過分追逐名利的結果。

　　紅樓夢的作者道得好，他說世人都羨慕神仙生活，世人又忘不了榮華富貴。其實神仙生活雖然逍遙自在，那比得我們俗人，既殺人放火，又可稱為善士；好話講盡後，惡事無妨也做盡，只要「船過大海」後就還我清白之軀。

　　俗人難為，神仙偏又更難為，那麼，大家還是追逐名利好。

原載於「劇與藝」三思樓隨筆專欄

陋巷屑語

持才使性

閒人批評李白為人，不責他放浪形骸，而病其持才使性，其實李白如果不持才使性，就不成為李白了，同時代的人有幾個夠資格持才而使性呢？

大凡肚子裏有點文墨的人，自以為或被認為懷才不遇，行動舉止就不免流於狷狂，這種人我們習慣上稱呼他為「狂士」，其實狂士也不容易扮演，狂士因為憤世，疾世甚深，放言立論有不與眾同，雖然病於偏激，但，他畢竟是有點兒「才」，只是無機會表現於世吧了。

做人之道各有不同，有的是四方討好，八面玲瓏，有的是孤傲耿直，守正不阿；有的是純情感，有的重現實，有的虛懷若穀，有的驕矜拒人；有的淡泊明志，不求聞達，有的熱中名利，追求富貴，總之立身處世之道，隨著各人的氣質修養、環境等之差異而各自不同，我們似乎不該厚非。

可是人類又似乎是天性不甘寂寞，世上隱士不多可為例證。每個人要做「無我」之境，實非容易，所以不管是真有才，或薄有才者，一旦不滿於現實，就不免要發牢騷，要怨天，要尤人，

要掃落王侯公卿，要罵盡天下蒼生。

　　一個人既然自認有「才」，那麼心理上的不滿情緒，一定會自然流露於外，於是乎，什麼事都看不順眼，什麼事都抱不合作主義，自己關在屋子裏做人，周圍的人他一律敵視，碰到有機會發洩胸中那一口烏氣時，自會「狂」起來了。

　　但，人類畢竟是合群的動物，不能與人相處者自不足取，就算你是尼采信徒，超凡脫俗，遺世獨立，立己總也應該同時立人才對。你要持才使性，大家不反對你，你如果無「才」可持，又要處處「使性」，那麼你一定會處處碰釘子，病深一點，你是有資格送入瘋人院。

一九五二年

聰明自誤

　　最聰明的人，其實最愚笨，原因是他自以為聰明，聰明人跟愚人的距離，僅是毫釐之間，我們說大智若愚，大巧若拙，就是這個道理。

　　報紙雜誌上，常常讀到一般失意政客或解職武將的自壽詩，當他們煞有介事地「覺今是而昨非」後，不免要慨歎「半生誤我是聰明」，一個人能至大徹大悟的境界是不容易的，如果他是真的「聰明」，也不致有「昨非」了，武將數奇，文官遷謫，多自作聰明所誤。

　　不得意於時的詩人，發牢騷地寫下：「人皆養子望聰明，我被聰明誤一生。但願生兒愚且魯，無災無病到公卿」，其實他那

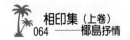

兒是希望生子愚魯，不過是惜此數落王侯公卿輩都是笨才，詩人蘇東坡真是太「聰明」了！

被譽為千古第一男兒的陸遊，他於「歎流年又成虛度」，又自「笑儒冠由來多誤」，放翁的可愛處，就是他畢竟明白讀書人常犯太聰明的毛病。

弄技巧，耍手段，也許可以欺騙舉世，可是他同時也欺騙了自己。欺世欺人而得來的苦菓，足夠自以為聰明的人，一生一世消受。

忘記在什麼地方，讀到二句詩：「如山冰雲如山願，人世聰明解未深」，世上的聰明人們請三複此言。

載於「陋巷屑語」專欄一九五二年

島中人語

海倫海斯

縱橫劇壇垂六十年之久的美國戲劇皇后海倫海斯，今年正月四日在華盛頓國家戲院演完了她最後一台戲謝幕時，宣佈從今退休，告別舞臺與銀幕。她的突然宣退出菊壇，一時使在場觀眾木然不知如何反應。

現年六十八歲的海倫海斯，髫齡即獻身戲劇，演技已臻化境，其所以遲遲不作退休想，半係她對戲劇愛好之深，已達到無名利之心；半係後繼無人之故，不瞭解這位一代藝人的修養與抱負者，或將責怪她一直佔住戲劇皇后的寶座，不讓予後起之秀。

三年前，海斯女士來此時，凡有機會一賞其藝者，莫不為其傾倒，因為她的演技、風度、修養、及那一身高貴的氣質，令人油然產生敬念。讀者中或有人會奇怪我們對一個年老女藝人為何特別推許，坦白的說，她確實與眾不同。她不靠色相媚人（六十多歲的老嫗），不靠自吹牛皮，不拜記者，不趨奉權貴，不以金市名，但憑其技藝使萬千觀眾讚賞與崇拜。

歲月不曉人，海倫海斯女士終於不能繼續倔強地與自然法則抗衡，她終於宣退休了！想及，她曾經使億萬觀眾（包括筆者個

人）認識戲劇，瞭解戲劇，尤其是看完了她的戲後，才更加堅定「唯名器不能假人」的信任，覺得一般半吊子影帝影后，根本是自欺欺人，或受阿諛之徒愚弄耳。

藝術是永恆的，造詣高的藝人也是永遠在觀眾的心中年青的，海倫海斯是光榮引退了，她無愧於藝術之神，筆者在此遙祝她身心康泰。

勞動節

今日是五一國際勞動節，忝為勞工的一員，欣逢自己的節日，能無所感耶？

勞動節起源於一八八四年的美國芝加哥，到如今已整整八十五年歷史。今日勞動界所享受到工作時間制，社會福利及其他法律保障，較當年不知高出多少倍，然而有幾人記起這些應得權益之獲取，都是出於無數勞工領袖的努力？所謂「前人種樹後人涼」，正是如此。

世界上還有若干經濟落後國家及地區，勞工尚未享受到像一般工業發達國家勞工所得者，這一切說明勞工運動仍有待大家努力推進。

時事測驗

學生時事測驗比賽，今日在自由大廈中正堂舉行，參加的學生都是一般好學敏求，平時關心時事的學生，預料考驗應該不錯。

比賽不以學校為單位，故不由學校當局選派，而是學生自由報名參加，故此更給予所有在校學生有參加的機會。

主持當局為鼓勵青年養成閱報習慣，及課餘多關心時事，而舉辦測驗比賽，用意至善。

「春」劇觀後

一台戲演出，座無虛席，是尋常事，因為觀眾慕名前往，場小人多，當然爆滿。難得的是觀眾乘興而往，又滿懷高興而歸，如此才可以說這一台戲演出成功。

「春暉普照」演出是成功的，它吸引了那麼多觀眾，它又使每一位觀眾滿意而歸。

導演王生善教授，名不虛傳，手法確實高人一籌，細膩精密兼而有之，三位主角陳永培、歐陽美美、劉素嫻間的關係，「愛」與「憎」，「合」與「離」的關係，處理得那麼夠分寸，界限也清晰明朗，這種心理上的刻劃，高水準的觀眾當知道並非易舉。

滿身戲味的吳伯康，菲華當今第一小生，在「春」劇中特別賣力，是理所當然的，母校慶典，精神倍奮也。

「新人」謝馨，對菲華觀眾是陌生的，初次與僑胞見面，則光芒四射，不愧為王教授的高足。

吳美珊，這位後起之秀，她與「春」字特別有緣，「春風路柳」中她演潑辣的半老徐娘，「春暉普照」她飾良善的劉素嫻，一樣令人擊節，證明她的戲路廣闊。

　　王茂松、洪漢民、柯孫河、許國良等皆是菲華戲壇支柱，若有好劇本，那計戲多戲少，更況「春」劇為慶祝母校「介壽館」落成而演。

　　一台戲的成功或失敗，關健操於導演、演員、後臺工作人員、及觀眾手中，任何一圈脫節，就美中不足了，「春」劇大體上是成功的，它是新春劇運第一炮，它象徵菲華劇運「雞」年美好的遠景。

　　「春」劇今日下午及晚間再連續公演兩場，觀眾幸勿錯過機會。

父子、姐妹

　　「春暉普照」劇中人余有法，由柯孫河飾演，演技洗練，舉手投足很自然，從出場至閉幕，始終保持水平，再苛刻的觀眾也無從苛求。劇中飾演小培（幼年）的柯遵鑫，小小年紀，不怯場甚為難得，可謂虎父虎子。

　　飾陳母的王珊珊和飾小美的王妹妹，台下是姐妹，臺上是祖孫，兩人都演得很好，年輕人演老角，最難是聲音與動作，但王珊珊的小動作令人歎為觀止。

婚配之年

　　書證實已酉年屬雞年，並非「盲年」，而且有利於婚配。據說，今年結婚的人，一定好生好養，子孫昌盛，瓜瓞綿綿。

就因為去年戊申年有兩個立春，所以一般人均以為是今年己酉年沒有立春，是「盲年」，對於嫁娶、開學都不利，所以有些迷信的人，趕忙在去年為兒女婚嫁，一分一刻也不欲愛侶誤佳期。

迷信也好，不信也好。筆者在此權充折字先生一下，今年己酉年，「己酉」兩字合起來是一個「配」字，配者婚配也，正是婚配之年。

再說，今年屬雞，雞有德禽之稱，雄雞一鳴天下知，正象徵佳年氣象，願讀者諸君都有雄糾糾，氣昂昂的精神，在人生戰場打一大勝仗。

　　　　載於菲律賓公理報「島中人語」專欄（一九六九年）

沙漠也有綠洲

半年來，我們先後讀到了幾本不同文藝團體出版的會員作品專輯，他們是飛雲社、育青社、白雁社、辛墾社等。這些文藝社的成員與領導者都是年事尚輕的寫作朋友，其中都不乏寫作年齡在十年上下者，作品也較成熟。但也有若干位從事寫作只有幾年的作者，寫出了可誦可讀的好詩，寫出了一手漂亮的散文。年青的朋友有相當成熟的作品問世，怎能不叫人由衷讚佩呢？我們應為菲華文藝運動的前途慶賀。

大概是今年暑期文教研習會將近結束時，承秋舫先生惠贈一本「飛雲十年」，讀後，我曾告訴一位朋友說飛雲社的這一群年青朋友已經起飛了，他們的那種「坐看雲飛起」和「穹蒼任去」的氣慨與抱負，顯示這些天賦佳、肯用功的年青作家，是有雄心壯志要在廣闊的藝圃中創一番驚人事業的。

最近，承陳一匡先生惠贈一本辛墾社出版的「辛集」，讀後不禁也有類似上述的感觸。一般來說，「埋頭耕耘，不計收穫」似是大多數酷愛文藝的青年朋友共同的信條，而事實往往證明，但求耕耘的人，他們都有意外的豐收。

由青年朋友們的熱烈從事文藝運動，使我們勾引起一個老問題，到底僑社是否如大部份國內人士所說的，它是一片文藝沙漠？我們並不否認華僑社會本質上是一個商業社會，它「重商輕

文」也是事實；我們也不否認海外僑胞與祖國文化多少有脫節，問題卻是這些寄居域外的炎黃子孫，果如一般國內人士心目中的化外之民嗎？如果因為海外文運不興之故，而派定海外是一片文藝沙漠，那麼，文運蓬勃的祖國，為何在外國人士的眼中，也曾被稱為「文藝沙漠」呢？此中的癥結為何？

冷靜的分析一下，外國人之所以說五十年來中國的文學是一紙空白，它是從作品上「苛求」，近五十年來的新文學運動，正是國家遭逢時代洪流衝擊最厲害的時代，我們的作家有否寫出反映時代的偉大作品來？答案應該是：「尚在胚育中」！然而，肯道出老實話，像沈剛伯者恐怕不多。

至於國內人士之所以說華僑社會為「文藝沙漠」，自然不會無因。除了上述的商業社會本質外，報紙副刊大多是台港報紙的翻版，及定期刊物稿件也須大量接收「外援」，也是一個原因。這些當然均是事實，不容我們「文過飾非」，我們此刻要說的，是所謂「水準」的問題，人家會不會有點兒隔霧看花（不是「霧裏看花」）？單說，這裏沒有職業作家，報紙副刊投稿者多是義務性質，報社既毋須付出稿酬，當然不會只接受成熟的作品，這道理是很明顯的，那麼，如拿國內職業作家的作品來與此間青年學生的習作比較，當然有一段距離，而據此下判語，寧非失之偏差？

退一步說，如果我們真的如人家說的一片沙漠，這倒是值得大家警惕了，而唯一可以自慰的，就是晚近愛好文藝的青年日多，青年作家輩出，沙漠已非全無水草，沙漠也有一片綠洲。

原載一九六八年十一月二十一日菲聯合日報《縱橫譚》專欄

美哉輪焉、美哉奐焉

——賀菲律濱中正學院介壽館落成

教育為立國之本，海外僑民教育尤為僑務之基。菲律濱中正學院創辦於中華民國廿八年（前身為中正中學與華僑師範專科學校），三十年來，春絃夏誦，允為菲華僑教之重鎮，自升格為四年制學院後，已名實相符為菲華最高學府，同時也是海外各屬華僑，除港澳地區外，唯一以中文教學為主的高等教育機構。

語云：「三十而立」，我們欣慰於道一所學校已長成又日益壯大，由最初學生二百七十三人，到現在的生數近四千之譜，而該校圖書館藏書之豐，數達六萬冊，海外無一地區中文教育機構堪與比擬，可謂菲華之光。

近十五年來，該校校務擴展之速，尤為驚人，除逐年增建校舍，圖書儀器不斷補充，而民國四十六年時尚為高級中學，即創辦「泉笙培幼園」，以紀念故校長王泉笙先生，創新華僑學校的幼童教育制度；繼而附辦二年制的「華僑師範專科學校」，以培植僑教師資；再進而將中正、師專兩校合併，正式改為四年制的學院，改名為「菲律濱中正學院」，設有教育、商業兩科，內分五個學系；去年又增辦實驗小學，使負笈該校學生可由幼稚園，而小學，而中學，至大學，免卻升學轉學之煩。

質的提高與量的擴展兼進，教育與研究並重，且能迎頭趕上世界新思潮，非鮑院長事天博士之高瞻遠矚，及苦心經營之精，與該校諸碩學教師之努力，焉有今日卓然有成的中正學院。

我們從中正學院之成就，不難發現兩項事實，也可以說它是海外僑教蓬勃的一個突出例子：第一是辦學的人那種鍥而不捨，及時刻求進求新的精神，在「諸多不便」的客觀情勢下，能以堅定的志節，勇往邁進，乃能克服一切困難，達到安定中求進步的目標。第二是僑胞對僑教的重視，由於廣大僑胞在精神上、物質上的支持，使這一所本身具備擴展條件的學校，才有展佈的機會。上述兩點是相因相成的，學校辦得好，愛護的人就更多，也更肯付出力量來支持了。

就以此次該校「介壽館之創建」，耗資達菲幣二百萬元，建築費及設備費，除校董、校友負責部份外，餘者端賴熱心教育僑胞的樂輸了。

該重新落成的介壽館，巍峨美奐，除部份作課室外，設有現代化體育場，中華文物陳列室，語文中心等，由此益使該院對達到現代教育的目標，又邁進一大步。現代教育的目標，就是：廿世紀的學生，廿世紀的建築，廿世紀的制度。

欣逢中正學院介壽館落成之日，我們謹以此文為賀，祝該學院達到其所肩負的弘揚中國固有文化，促進中菲文化交流，及為復國建國儲才的使命。

原載一九六九年二月二十二日《縱橫譚》專欄

時代婦女的雙重責任

慶祝五十八年「三八」婦女節

「三八」婦女節是全世界婦女爭取平等地位，保障本身權益的紀念日。由於這一個紀念，婦女運動乃普遍為世界各國所普遍重視，婦女的地位乃因此而逐漸提高。

我國憲法明文規定男女平等，政府對婦女多方扶助及保障，使其在政治、教育、經濟等方面與男性同胞獲得同等的權益，而婦女同胞亦就充分得到機會以服務社會與報効國家。

我國婦女向來具有仁愛慈祥的天性，與克勤克儉的傳統美德，其表現於相夫教子，敦親睦族，實充分放射了中華民族文化的光輝，贏得舉世人士所譽。其中國民革命的每一個階段中，她們對社會服務，國家建設的貢獻，確會寫下了輝煌的一頁，尤以對日抗戰時期，她們參加戰時工作，努力戰時生產，建立了不朽的功勞。

我們以為今日婦女同胞所肩負的使命，尤倍重於男性同胞，她們除了與男同胞同樣的致力於一般性的服務社會工作外，尚須就力之所及，對貧苦婦女之支援，及對不幸婦女的拯救，多盡一份心力。這不是說，男同胞對於有關女同胞的福利工作，所應盡的義務可以減輕，而是說婦女界尤倍加關切。

我們再談到家庭的治理，這本是男女雙方共同的責任，不過，我們總以為男子雖為一家之長，婦女乃是家庭的中心，為民族幼苗的保姆，其對於家庭的貢獻，對家務的操作，無疑的要超過男子甚多。我國歷史上，婦女相夫立業，教子成名，從而建立幸福的家庭，蔚為優良的風氣，其貢獻於社會國家至大，可說例子不勝枚舉。如：歐母之畫荻課子；孟母之三遷其所；岳母之教子盡忠報國等等，都是千古傳誦的事，充分表現出中華婦女的偉大德性。

總統說過：「婦女為家庭的中心，家庭為社會的基礎，在家庭中要能克勤克儉，注重整潔健康，指導戰時生活，以轉移社會風氣；為母親者，更應特別注意教育子女，造就良好國民，使能為國家盡忠，為民族盡孝」，基於「家齊而後國治，國治而後天下平」的真理，我們所期望於今日的婦女同胞者，實在至大。我們相信「這一時代的中國婦女必定能夠步武前賢，對國家民族多盡一份責任」。

海外婦女同胞，雖然託足異邦，其對於發揚民族文化，推展國民外交，關懷社會福利，支持政府國策，在在不多讓於鬚眉；而其對於丈夫，兒女的鼓勵及襄助之力，更是值得大書特書。

欣逢「三八」婦女節，敬以此文向婦女同胞祝頌。

原載一九六九年三月八日菲聯合日報《縱橫談》專欄

紀念勞動節感言

今日為五一國際勞動節，一個屬於勞工的節日。相信，全世界凡是以汗血與勞力換取生活資斧的人，對於這個偉大的節日，莫不振奮常。筆者身為勞工之一員，頃懷先賢為爭取合益權利而鬥爭的史實，再看今日舉世勞工多數已享受到人類生存的基本權利，內心的歡忭，有非筆墨所能形容者。

「五一」勞動節導始於一八八四年的美國芝加哥，當時勞工界的有識之士，為著領導勞工界兄弟姐妹爭取合理的「三八制」，即工作八小時、休息八小時、睡眠八小時制，不惜犧牲個人的精神與時間，進行宣傳教育，而於一八八六年五月一日發動二十萬人示威大遊行，終於「三八制」獲得實現。

這一個石破天驚的劃時代「革命」行動，立即震動全世界，引起全世界勞工的共鳴，嗣後歐洲各工業先進國家，政府相繼效法美國，都正式命定五月一日這一天為國際勞動節，而成為全世界勞工專有的一天節日。

我們該說，由於勞工界的自覺，及由於各行業人士的同情，八十五年來勞工界顯然已經爭取更多的勝利，甚至可以說遠出於當年的先驅者所想望者。今日甚多國家的勞工，已不僅是享受每天八小時的工作制，而已進至每星期四十小時制，有的且縮短至每天工作六小時。這當然也是由於科學的進步，生產機器的不斷

革新，工人的工作時間雖然縮短，工作效率及生產量並沒有受影響之故。但工作時間的減少，並不完全說明勞工的受到善待，他如婦孺勞工的特別保障，社會福利的徹底推行，勞資仲裁法庭的設立，以及勞工有示威遊行要求的權利（循乎法律）等等，更加可以說明勞工已受到法律所規定的保障，他們的地位也與各色人等平等。

遺憾的是今日尚有很多經濟落後國家及地區，勞工還沒有完全得到像工業先進國家勞工所獲的權利與社會地位。

更遺憾的是共產國家的工人，他們非但沒有享受到一切應有的福利，而且過著是一種還不如封建時代的農奴及奴隸所不如的生活，他們工作超時，他的工資低微，他們工作所得者，不足以養家活口，他們每天工作十六小時以上，而所得僅是微薄的配給，食糧不足以果腹，布料不足以蔽體，再加上種種政治上的壓榨與逼害，他們真的是不折不扣的「奴工」了。

我們對於勞工運動永有十分信心，我們認定目前極權國家的極盡剝削工人，奴役工人，不過是一種違反時代思想潮流現象，時代潮流有主流也必定有反動的逆流，它違背自然法則，它違反人性，它甚至與人類為敵，試想想看，它怎能站得腳呢？終有一天，所有的鐵幕內的被奴役的勞動人民，必起而為爭取自己的自由而鬥爭，而鐵幕外的勞動人民也必定會群起而加以支持，同心協力，為爭取應享的權益而鬥爭。

原載一九六九年五月一日菲聯合日報《縱橫談》專欄

美化岷市人人有責

　　大除夕的炮竹聲，聲聞九霄，震耳欲聾，你說，岷尼拉市民在物價突昇的高壓下已喘不出氣，竟有閒情逸致來個苦中作樂？非也，物價的壓力雖仍存在，但是人總是抱著希望而生存的，每一個市民都希望新年會帶給他們幸福、快樂，他們燃放的炮竹比往年多，正是表示他們對未來寄予美好的意識流露。

　　新人新政，果然一九七二年元旦，市民一覺醒來，頓覺萬象更新，新任市長墨雅省先生果然實踐他競選時給予選民的諾言，他決定：改組治安機構、撲滅罪潮、清除垃圾、掃蕩醜業，整肅貪污、加強員警服務民眾的功能，他開出的支票，一張張兌現了。民眾從茲將逐漸加強對政府的信心，是不必待言的。

　　這幾天，阻礙交通的攤販絕跡了，各主要街道汽車排長龍的現象也減少了，大小街道過去一個長時期難得一見的穿制服員警也重現了，娼寮按摩院已被取締，賭館以及違犯的賽馬站也關門，大街小巷已不見到堆積如山的垃圾，這些都是多年來沒有的景象，正符合「新年應有新的景象」的人民傳統觀念，怎不叫絕大多數市民都喜逐開顏，精神倍爽呢？

　　語云：好的開始是成功的一半，我們相信這位新市長必能對「美化岷市」的偉大計畫，持之有恆。

　　岷尼拉是屬於每一個岷尼拉市民所共有的，它是首善之區，它又是菲國政治、經濟、教育、文化的中心，所以它如果改革市政，美化市政，自然非一朝一夕可立奏膚功，只要每一個市民均能衷誠與執政者合作，信任執政者的領導，岷尼拉市的遠景一定是美好的。

　　能恢復往昔美麗的丰采，每一個市民都與有榮焉。翻過來說，如果它成為一個罪惡的淵坑，污穢的城市，每一個市民都會蒙羞，而且也難辭其咎。

　　唯有人人負起應負的公民責任，拿出熱情與市長衷心合作，美化岷尼拉市才有望計日實現。

　　我們此時擬指出一項改革市政的最高原則，言之也許屬於「老生常談」，實際上它確任何改革運動的先決條件，它就是：革新先要革心。

　　上面說過，美化岷市是人人均須負起的責任，包括民眾與政府官員。所以欲求重建一個美化的岷尼拉市，就必須每一個都付出熱情與實際的行動。於是，我們認為每一岷尼拉市民首先要恢復其公民的責任感，日常行動應自加撿點及自省，例如：生活是否合乎道德規範？行動是否蕩檢閑？凡屬罪惡勾當，能否避之唯恐不及？對於一般公共道德如不亂拋垃圾、乘車不爭先恐後，和愛惜公物等等，是否能切實遵守道德的規範？凡此皆是大者。

　　至於一般公務人員，勿論職位高低，首先應擯除做官的思想，一本其當權為人民公僕的初衷，務求：一、在觀念上、作風上都保持「為人民服務」的精神；二、尊重納稅人的意見，以保

護納稅人的身家為最大的職責；三、發揚「政府只能為人民犧牲，而非人民為政府犧牲」的觀念。

原載一九七二年一月八日《縱橫談》專欄

第三輯

戲劇

月夜

時間　月夜

地點　荒山

人物　老者　過客

佈景　一座茅屋孤立在小崗上，四周的風景很是秀麗，門口靠近
　　　松樹的地方，有一張竹椅。

開幕時　老者靠在竹椅上，仰視著天上的皓月，過客衣服破碎，
　　　　形容枯槁，從右邊的小路步上崗來。

過客　老伯伯，請問這裏有水源嗎？

老者　（已經把心境融和在畫境裏，沒覺出過客之來臨）。

過客　老伯伯，請你給一點水喝，我已經三天沒飲過一點水了。

老者　（回首）唔。

過客　請原諒我這個不速之客吧，因為同是人類的關係，我請求
　　　你給我點水喝。

老者　可以，可以（看見過客腳趾上的血，不覺憐之）呀！你腳
　　　上有血，快到裏邊坐吧。

過客　（跟入門內，看到屋內雅潔的陳設，頗躊躕，老伯伯，我
　　　還是在門外站站比較好吧。

老者　（微笑）也好，我已經多年離開人間的客氣了。

過客　（環顧四圍的景，喜躍於色，老者亦持水至，客急喝水），水，你是活命的泉源，沒有你，人類不能生存；有了你，人類又增多了多少糾紛！

老者　你太傷感了。

過客　是的，傷感就是我的生命，就是我的靈魂。

老者　你好像是一個流浪者吧？你家裏有什麼人沒有？

過客　在記憶中我有一個家，一個溫馨的家；在那裏有快樂，可是也有悲哀，就是因為有悲哀，我才開始流浪！

老者　（同情）可憐的青年人，你為什麼流浪呢？人生的一切何必深究？唉！你離家幾年了？

過客　十五年了！當我誦完了人間一切歌頌的詩篇後，我開始另找啟導智識的泉源，然而任憑我讀盡往聖的哲學，宗教的經典，我依舊不能夠得到「人生之謎」的答案，於是我決意離家找尋，我決意流浪天涯。

老者　是不是你的家庭環境惡劣？你的親屬多方壓迫？

過客　不，不，事實上是因家庭環境太好，所以我決定離開，像是一養尊處優的小鳥，過倦了竹籠裏的歲月，決意要飛到籠外的世界。

老者　（如有所觸）……

過客　假使這不是夢境的話，這應該是十五年來我第一次受到人類的恩惠，老伯伯，你太仁慈了，仁慈在我們流浪者心目中是世界上最稀罕的東西呀！

老者　對於一切人生的不幸者我都同情，只可惜我已經是一個過了八年的隱士生活的人，我不能多做點幫人家的事情。

過客　老伯伯，你為什麼一個人獨自居留在這荒山裏？假使你不嫌嚕嗦的話，我希望知道點關於你的事情。

老者　哈哈！以為我孤獨嗎？我自以為是人世上最快樂最有朋友的人，我無須憂慮於衣食，我有一個出嫁了的女兒住在這山之後，她供給我的衣食；我有眾多的知友、這山，這樹，這花草，這星月……這裏的一切都是我的朋友，我是生活在詩境，生活在如夢的詩境。

過客　你有沒有兒子？

老者　有的，可是現在不在這裏，我之所以住在這裏，就是要等待他的回來，不然的話，任何的高山大海都會是我的去處。

過客　老伯伯，你的兒子大概是出門經商吧？或是出國留學呢？

老者　不，他也是同你一樣的在外流浪，（客心為一動）十五年前的一個月夜，也是像今晚這樣的月夜，當我在整理詩稿的時候，我發現了他的一張留別的字條，從那個時候他就沒有回來。

過客　那不是同我一樣嗎？十五年前的一個月夜，當我把一張留別的字條進我父親的書叢裏，我就開始了流浪。

老者　太巧合了，我的孩子要是回來，也有差不多同你一樣的年紀了。

過客　我記不清到過多少國家，我記不清走過多少裏路，我到過的地方，我從不再回去，只的這一次我忽然想回家，可是我竟迷失了路！

老者　你打算回家，噢，你家裏的人不知道要怎樣歡喜呢。

過客	然而我不打算永留在家裏，我仍舊要流浪，（稍停）要是我不記錯的話，我的家應該是在這附近，然而這裏是一片荒涼。
老者	這裏從前也有十幾個村落，自從八年前一次兵災後，所有村民都死光了只有小數的村民移住他方，而我也是廢墟中重建茅屋的。
過客	那麼我這一次回家不是徒勞嗎？
老者	你告訴我村莊的名字，告訴我你的名字，我也許會知道的。
過客	對不住，我已經很久沒有名字，我已經決意不告訴任何人我來自何處。（仰頭看空中的皓月已西斜）唔，我應該走了，老伯伯，我打擾你了，我感謝你同我談了這麼多的話，（說完拿起包袱要走）。
老者	慢著，我已經被你觸引起思兒之心了，假使人世不是有自私的話，我或許會要求你住在這裏，是的，你不應再流浪！
過客	謝謝你的好意，在這樣皎潔的月夜，在這樣如夢的詩境，有你這們超凡的隱者……呀！這是我十五年來第一次看到這個世界的美麗。
老者	請你等一會兒吧，我要拿一本詩稿和一張我兒子的照片寄託你，也許你會在旅途上碰到他吧。你知道這個世界是這麼容易變遷，誰都不敢猜想你明天會怎樣變幻，我擔心我的兒子回來的時候，會有像你一樣的命運，找不到家，看不到自己的親人！（說完入內）
過客	（自語）也許會的，可是這個世界是這麼大。

老者　（一手拿書及像片，一手拿錢）這一些錢你拿去用吧，我已經八年沒有覺得金錢的用途。不用客氣呀，世界上的一切，不是固定屬於任何人的。

過客　（伸手接照片，不覺掩臉大哭）

老者　可憐的孩子，是不是你曾經認識他？而現在他又已經不測了？

過客　不，他還在人間。

老者　那麼，你再一次遇到他的時候，千萬給我叫他回來啊！

過客　他已經回家一次了。

老者　沒有的事，他從沒曾回家過！

過客　是的，他回來了。

老者　什麼日子？

過客　現在！（說完回頭大步走下）。

老者　（如夢初醒），你，勇兒……回來吧。

過客　（回首）爸，我已經回來過了。

老者　（急追）。

———— 幕急下 ————

原載一九四七年《鈎夢集》

第四輯

小說

夜曲

　　……江畔何人初見月？江月何年初照人？人生代代無窮
已，江月年年祇相似……

——唐·張若虛

　　教堂的鐘聲支撐著午夜的天空。鐘聲過後，四周復歸於寂靜。
　　夜深，人稀，禿老的廢城在冷風裏顫抖；在城樓的一輪孤
月，如同慳吝的老婦，再乞求也不願施捨一點兒溫暖。
　　先前那兩個人徘徊在城垠的年青人，這時候循著四射的月
影，不經易似的慢移動著腳步，朝向鍾士橋的另一邊郵政大廈
走去。
　　「你頂喜歡在這樣的冷夜出來散步？」
　　「是的。」
　　「每一個寒氣逼人的月色昏黃夜，你的影子總會出現在巴石
河沿？」
　　「只要那一夜，我未睡前記起一首詩。」
　　「是一首有蒼涼古意的詩。」
　　「一首充滿著生之啟悟的詩。」
　　「可能那首詩負載著一件難忘的記憶！」

「一支不屬於我的悲慘故事。」

淡淡的月光，吻著午夜時分橋牆，逗起它久患肺病似的蒼白臉頰浮現一絲紅暈。

青年倆似乎不忍再踩踏不勝夜露之負的路旁小草，兩個人不約而同地揀一處比較潔淨的水門汀坐下。

「唉，年代走遠了，紅粉白骨早已成灰，祇有那千古不息的流水，永會記清那支哀絕的故事。」

「該是今人亦有古人的遭遇？」

「值得隱憂的，還是歷史的悲劇恐會永遠扮演下去。」

「古人的足跡，我們常會翻踏重履；但古人遺下的哀愁，我們毋須再次感受。」

「人類的思想隨著歲月而遷異，人類的情感卻似乎千古不移！」

「因此，你情願承受古人的悲愁，一如你現在肩負我們這個千年古國的憂憤？」

「假如人類還有資格做眾生萬物，不就因為人類有一份崇高至潔的同情心？」

「我們都墜入虛渺莫名的悲哀之穀了！」

「是的，你我此時同具一份落寞悽愴的心情，像日暮倚窗靜聆遠山寺鐘的餘韻，像夜行荒野出口祇成獨語的那種莫名的淒涼之感！」

「凡是聽過我複述這支故事的人，幾乎沒有一個不為著故事中的一對戀人扼腕嗟歎。」

「該是一支哀豔動人，像冬天的水仙花有快意迎人的笑靨，

令人意識到春天已不遠；又有一縷使人寒透心底的冷香，給你瞬息之間意興盎然，萬念俱灰的故事？」

「你猜得不錯，它就是這麼一支遺給人間無限惆悵的哀愁的故事。

「很久，很久的以前，當四來的碧眼兒尚未用火炮轟破我們來自的那個千年古國的虛傲幻夢，當四來的碧眼兒尚未使用宗教（注：基督教在中國的功罪，百年後當有定評這裏所指者，帝國主義者以宗教為幌子以遂其野心。）及鴉片麻醉我們屬諸的遲暮民族的靈魂時，這裏，你我現在所托足寄居的島國，原始的純樸無知的土人竟不是他們自己的土地的主人，蹲踞在島民的頭上的是一群荒淫貪婪的西方無賴。

「一部近代史，簡直可以說是一本充滿血腥的帝國主義者橫行地球的紀錄。我們腳前這一座負著歷史重載的古城，正是吃人的人虎遺留下的標誌。幸好，幸好時光不會倒流，歷史亦不會重演，世紀的黃昏終於還給它一個寂寞的命運；就睽它永遠伴著它的築造者在煙靈迷離中，回憶過去狂妄一時的歲月吧；「來自不同國度的冒險家，是偶然，是蓄意，他們，他們不同的膚色代表不同的民族，不約而同地，或先或後地登上這塊虛有遍地黃金之名的土地。

「外來的異族，帶給島民衣冠禮儀，帶給枷鎖桎梏，帶給文化，帶給恥辱，帶給……。誰客？誰主，此時早已攪不清楚了。」

「原來的主人，既然命定淪為奴隸一時；那麼，最先發現這『東方明珠』的中國人，就不該據為己有了？」

「我得提醒你，我們直到現在，依舊是寄人籬下。」

「我也要提醒你，我要聽的是那支真情纏綿的故事，不是要聽述一部殺人放火的海盜史。」

「且說，在海外尋金的熱潮激動下，我們的家鄉，那山多麼耕地的南中國濱海省份，世代過著安靜如死水般的生活的人民，此時不免也受著新的潮流的沖激，不免受著新的潮流的誘惑。

「最初，只有一些不務正業的子弟，一些遊手好閑的流氓，結伴相約，放洋尋找自己的天地。接後，因為政局政蕩不安，國家經濟的枯竭，加以眼看那些無賴「歹子」之類，個個番邦發財歸來；於是，一片的海外掘金熱潮，風靡我們的家鄉。貧得僅有一副農具的農民，典衣賣子，東挪西借，籌備出國的盤費了；不第的秀才或農家的讀書子弟，脫下儒冠，擯棄經書、離在冒險家的集團中飄流過海了。

「故事中的主角我的一個遠房叔祖，是一個農家子，又是一個落第秀才。他，他也許是為著生活的熬逼，也許是為著落第的一肚子悶氣，也許（說得漂亮點）是別有抱負有志四方。他，一個帶冠未婚的年青人，有著滿腹經綸，但欠乏謀生的能力與經驗；然而，他有勇氣（也許是一股漫氣），他辭別宗廟，辭別父母，懷著一個新的希望，跨海長征。

「海行是艱辛的；應用著原始的交通工具的海行，更為艱辛。然而，眠夢中的閃爍璀璨的黃金，在每個冒險家的心中閃耀，誰會想起那葬身魚腹的可怕呢？眼前：波浪滔天，茫茫不知水天分處，更不知道何時方能到達目的地，可是，那近乎海市蜃樓的憧憬，那美好的生之遠景（說更現實點，那黃金的誘

惑）；誰也會強自鎮壓著痛苦的情緒，誰也會自作安慰於寄望著明天。

「到了，水平上浮現一葉綠洲。煙雲迷茫處，隱約有椰樹招風，隱約有炊煙升起。那不是他們日夜神往的土地嗎？

日光映照下不就是壘壘的黃金？

「到了，疏落的竹籬茅舍，十裏一抹炊煙，阡陌交互無序，荒野廣於耕地，這，這就是「東方的明珠」嗎？這就是人們日夜神往的淘金採寶之地嗎？

「到了多少同伴開始後悔此行。金色閃爍的，正如故鄉海濱的黃沙；璀璨炫耀的，是日光映照的貝殼，除非有神仙的法術，黃沙貝殼永不會變為黃金與珠鑽。

「多少人徨彷，多少人動搖；但也有人意志堅強，信心不移。他，故事中的主角就是一個。他永記著臨別時業師的一句話：「人生隨遇而安」，他堅信往聖先賢遺給人間的金科玉律，他更以此鼓勵同行的夥伴。

「把帶來的絲綢布帛，以及普通的工藝品，搬上岸後，運用天才民族的貿易方法，他們真的隨遇而安了。顧客的對象，多半是西班牙人；土人的身上幾乎榨不出財富。貨物的脫手，也不是三日五日就能拋出；看誰幸運，誰就早日回程。

「你知道當年馬尼拉市的商業中心區域在什麼地方嗎？

你猜，看你的歷史課本讀後尚有多少記憶？」

「不是有一個商區，叫做「八連埔」嗎？」

「不錯，就在我們現在坐著的這個地方，這座郵政大廈，這個LAWTON廣場。當年的「王城」是政治及宗教的中心；

還有現在的SAN FERNANDO街，是行郊的集中處；而現在的SAN NICOLAS街以迄MADRID街那一帶，就是舊馬尼拉市區了。

「幾番的「過番」，幾番的「發番」，他迷戀著這塊土地了。

每次回到故鄉，征塵甫抹，他就趕忙準備再度出國的一應事情。故鄉的山水花草不能再使他依戀了。是的，異國的山水花草，並不比家鄉美麗，異國的人情風俗，亦比不上家鄉的純樸親切；然而，有一個人把他整個心佔有了——他愛上一個異族的女郎。

「說愛神的金箭隨便放射，我們實在是凌辱神明；說愛神一箭貫穿二顆純潔的心，是有意而合適的安排。可是，為什麼好夢尚未圓熟，就過早地花墜蒂落？這一切，我們又不得不要歸罪於愛神的惡作劇了！

「一個英俊閃亮的男人，讓一個美麗熱情的少女愛上，是沒有奇怪的，更何況他是一個眾多海客中，出類拔萃的才智之士，愛神的選擇卻實一點兒亦不馬虎，他們的相慕相愛亦是理智的依歸。

「她，多情的西班牙女郎，一個將軍的孤女，父死，母喪，她與守寡的伯母相依為命。是虔誠的天主教徒，她每天早晨均要到教堂朝撒。那教堂不是BINONDO教堂（俗稱洲仔岸教堂），而是離家較遠在王城中的STO.DOMINGO教堂。禮拜後歸家途中，她常喜停車巡視「八連」市場的新奇貨品，一方絲織披肩，一座小巧的佛像，一串檀香的中國念珠，以至一件骨質的雕刻品，不管是購或不購，均會使她留連半日而忘返。

　　「說愛情在貨攤旁滋長，是對的；不過它的導源，卻得拜賜於一遺落的錢袋。偶然的疏忽，她遺落一隻錢袋在市場中，從眾中折回找尋時，本不抱過分的希望，出乎意料地，不必她尋覓，他早已在市場外躬候失主的歸來。銘感之前，她對於這個面孔不陌生的青年閒人，從茲有更深的認識。

　　「友誼是在不斷地接觸中生長的。從那天以後，不管是天晴天陰，她總喜歡於禮拜歸途中，停車到市場中看他；而他呢，只要是月白風清夜，人們准會看見他在MADRID街頭徘徊，是靜待那琴聲止後出現在窗臺的長髮披肩的倩影，更希求那推窗一幕後的嫣然一笑。

　　「四時皆春的土地上，愛情不必等候春風的孕育。從秋天開始到冬天還未結束時，愛苗已深深地生根於他倆的心田中。周圍的人們都是愚笨的，誰相信一個白膚碧眼的統治民族的女兒，會愛上一個規矩誠實的異族商人？誰更會料想到登門送貨時，這個年青的商販取得貨品的代價後，並額外帶回她的一縷芳心？愛情是一杯醇酒，它賜予愛河中的人兒以智慧及活力，它賜予愛河中的人兒以美麗及希望。醉了，他倆沉醉於愛神的懷抱中。

　　這倒是開『國際路線』之先河，他不朽了！」

　　「別打斷故事的高潮，回頭你再也不會有讚賞之聲，接下去的是一連串的唏噓歎息：」

　　「三個月一返的歸期，此時對於他是無意義的規定，同來朋友早已歸去復來；來復歸去，只有他，他捨不開這一朵國的香花。

「終於，終於禁不住年老的雙親的催歸，而他帶來的貨品亦早已售完告罄，他只得束裝賦歸。是暮春的一個天氣晴朗的日子，他歸去了。她送別江畔，淚水與離情一樣綿長；他英雄氣短，佇立甲板上，直到馬尼剌市消失在煙雲迷茫中。

「回抵家門，他帶回的僅是一具身體，他的心已遺留在巴石河畔。誰能同情於患著刻骨相思病候的人？別忘記，他生的時代與今日不同！

「事實上一幕人生的悲劇，正在等候他回來揭幕。年老的雙親抱孫心切，早已替他訂下一門親事。抵家不及半月他莫名其妙地替父母娶進一個媳婦。他不忘情於戀人，他又接受另一個女人的愛；這一切不等於一場惡夢嗎？那臨別的誓語：「我要回來」，她是永世不忘的；而她的「我等著你回來」之諾言，時刻又響徹於他的耳際。他是不守信義的人嗎？他是一個寡情薄義的人嗎？不，不。可是現實正無情地告訴他，他是一個不義的人！

「意志的被剝奪，靈魂的被出賣，他苟活人間還有什麼意義呢？從他遺下的日記上，我知道他從結婚之日起，一直沒有笑容浮現面上；從他遺下的悼亡詩集，我知道他是在灰色的日子中苟延殘生！

「她呢，那個可憐的西班牙女郎呢？她知道那不幸的情變的因委嗎？她後來的歸宿又如何呢？

「幾度月圓，幾度月缺，她望著迢遙的雲海，她問遍每一個從中國來的海客，他，他的英俊的身影再也不再出現在巴石河沿了！是命運的安排？是人兒的薄倖？這一個謎，直到她生命終結之日，她還是不能所答。

「是失望，是悲愁，是羞恥，又是殘酷！她忍不住人們的踐踏，她忘不掉逝去戀情，環境的煎逼，愛人的背約，使一個像春天的花朵那麼嬌豔的女孩子，終於愁痛過度而病倒了。

病中她時發夢哦，猶不忘絕於負約的戀人。你想，一個人的生命能夠煞住無限情感的磨折嗎？一個珍惜愛情有如生命的人，當她心靈所寄託的東西毀滅後，她能夠再繼續延長生命呢？她是這樣地一病不起，直到上帝召她歸家的那一天！

「他是知道她的不幸的歸宿的，他在日記上記載得詳細。他為什麼不再度販貨來此呢？據他解釋，一個熟讀聖賢之書的人，背信絕義年尚有何面目會晤往昔的戀人呢？他說，生命還須生命償付。她逝世後不久，他也意志終結。

「他說，她之所以愛上他，不僅是他的人品與風度，同時是要代她死去的父親贖罪。她的父親，一個暴戾兇惡的將軍，血灑巴石河的慘劇的劊子手。他說有多少的貴冑公子向她求愛，她都不屑思考地拒絕了……她說有軀殼沒靈魂的行屍走肉，怎比上他一個純樸堅實的中國青年。然而，他給她失望了。是他親手灌栽的，又是他親手把它摧殘！

「我少時曾經翻開過他遺下的日記及一本薄薄的詩集。」

那本日記題作：「寄塵手記」，文筆倒亦流利，如果以四季的序節來形容，春天似乎太短暫了，秋天的蕭殺與冬天的陰冷了無生機，拖得特別長。可能是他下筆有不堪回首之痛，而春殘夢斷後，何堪重述幽蘭之芬芳！

悼亡首題作：「殘夢」。就詩論詩，它算不得好詩；不過我們摸觸到作者真摯情感的流露。開首一篇引，倒是動人的；我不

主張讓情感豐富易於落淚的女孩子們讀。自言欲作百首，除非曾經散失，他一定是精神受過度的戳傷後，稀微如豆的生命之花，再也支撐不住萬頃千鈞的慘痛記憶，所以寫不滿百首，就辭謝塵寰了。

據鄉中前輩說，他臨終時曾遺囑家人把日記，及詩集焚毀；家人不知何故，沒有遵照遺囑。又說，他從少就喜歡誦吟唐代詩人張若虛的一首詩「春江花月夜」，逝世前半月，幾乎每天都扶杖到洛陽江畔，引領南望遙遠的天一方。不用說，口裏哼吟的就是那首晦暗灰色的「春江花月夜」了。

故事復述到這裏，也該結束了：

「……」

難道說，還要我背念幾首他的遺詩嗎？古城的塵堞早已吞沒那一盞孤月，你大概可以在河面上，看到多情的月如滿臉淚水吧！

（菲華小說選）

第五輯

詩情畫意

小詩一束（早期作品）

母親

告訴我，
誰不愛他的母親？
你愛海，海是地球的母親，
你愛自己，自己有個母親。
讓別人
學鳩鳥的聰明吧，
我永願
愛著我的母親。

彈著心琴

天帝，
假如你，
是個識者，
青年人的心，
是誰用淚挑動？
圖元手挑著弦琴。

天堂

如其有座天堂，
天堂應在地獄的下面。
我們是，
生長在土地上的孩子，
不能夠平空插翅飛去。

崇高的人

今天，我們紀念你，
不敢如愚笨的人；
崇拜你像超人的神。
因為，
你始終是個人。

家書

一個從遠方來的人，
半夜裏，
急速地敲著我的門。
顫抖的手，顫抖的聲音。
我讀著媽寄來的信：
「媽回到家裏算來一秋，二秋已七秋

時光走遠了，
媽還是信任你好好地生活在外頭。」
媽，她那知道，

每一次送客江畔的時候。
流浪的兒子就想回家！

夜雨

當夜雨帶來了秋天的悲哀時，
我不能再學螞蟻，
永遠爬動在夢的邊緣。
但，時間還在黑的夜裏，
孤獨者的口只配沉默，沒有喟息。

清晨的鳥

把晨曦叫到窗前，
再挺起白色的胸脯。
歌頌著光明和自由。
如其汝是自由的使者，
為什麼盡回頭
看枝上昨夜的殘露。

白雲

初秋雨後的青空，

輕飄過幾片雲朵，

讓勢利的景物在腳下消逝吧，

散逸的浮萍是唯一的知音。

朝霧

昨夜枕邊的夢魂，

換來滿天的濃霧，

披著灰衫的芒樹，

粗臉上有點點淚痕。

琴音

我懷念著秋天的琵琶洲，

在那裏曾經屏息聆聽；

水聲，

——醉人的琴音。

如今已是冷落干戈後，

橋下的流水瘂靜；

弦斷？

——該是琴手飄零！

歸鳥

南來的鳥兒，
懷著煩惱歸去，
歸去，歸去青源山下；
看頭上的山峰可曾給嚴冬馱走？
彎腰的老松，年青的蒿草。
依舊在靜待流水的垂青？

幾聲疏落的鐘聲，
又可能把你的童心找回!?

家

回憶中有一個溫馨的家，
一串虛妄傲世的日子，
如今，空剩下褪色的門庭，
盛世的豪華那裏追尋？

鄉愁

當夜雨孤燈的時候，
寒風帶來了秋天的悲哀，
靜聽著淅瀝的水聲，
若動了片片鄉心。

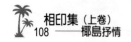
友情

友情正好像窗外的孤月，

有時候也會蒙上烏雲的暗影，

但雲霧拉開了，

依舊有皎潔的清輝，

友情正好像案上的青燈，

在風中不斷地搖曳不定，

雖只是微弱的光亮，

但斗室中已照徹得如天明，

趁友情還在的時候，

你伴著孤月，

你守著青燈，

也許說不定明天再沒友誼發生！

相期——送Y君

走了，

你毫無顧戀地走了，

像一陣靜穆的輕風，

沒有帶走一片落葉，

日暮黃昏，

人們還會憶起你沉重的足音？

你，祖國的孩子，

十五年蹉跎的歲月，

輕擲在異國的風沙中。

記否兒時的往事？

蕉窗下有父母的笑聲，

爸的叮嚀，媽的憂悶的咨嗟。

歸去，任汝是鐵石的胸襟，

嘗味過的友情豈能消泯？

明年春花開遍郊野的時候，

倘若我星明有福，

風雨後的雲頂岩①下，

願與汝作一次豪邁的騁馳。

①雲頂岩在福建省廈門市。

原載一九四七年《鈞夢集》

戀歌

一

春風輕叩著愛情的柴扉，
問候鳥何日傳播佳訊？
今夜，讓我為你高歌一曲，
一曲高歌，聊寄萬縷相思。

二

誰竊笑高傲的詩人，
第一次滴落幾顆清淚？
詩人昔擬鞭撻天地，
此時甯向愛神低頭。

三

只想在人間的伊甸，
夢裡伊人綣戀偎伴；

聽，夜深是誰緊叩心門？
靈魂獨自聆取誓願。

四

自笑有如笨拙的螞蟻，
在破舊的地圖中流轉。
萬古雲霄，壺中歲月，
天宇外孤星獨自炫烜。

五

不敢妄企摘取天上星月，
富貴豪華，浮雲一瞬。
但願沙漠有片綠洲，
留印你我的足跡聯翩。

六

給我，給我一刻溫存，
心庇許諾，眼底柔情；
這是我日與夜的惦念，
你青春可愛的驕矜。

七

是歲月跎走了年華？
是銀河未現雙星？
應記取紅樓明月夜，
一縷相思牽。

八

唱完了二十四番花訊，
聽幾回教堂響徹鐘聲，
姑娘，你該輕啟重扃的心門，
明月夜，有人願自掏出詩心。

九

多少頁詩箋為你譜寫，
多少失眠夜為你祝福；
是春天在向我招手嗎？
更為著一份希世的愛情。

一九五四十一月十日夜
原載《文聯季刊》

病中

生命宛似風雨中一座危樓
斷續的風雨是天使的哀歌
杯弓蛇影平添心靈的煩燥
千種溫柔白在病榻上挨過

夢囈中有自己青春的驕吟與哀傷
在死神的面前我願低訴心底衷曲
我像一葉扁舟航行於黑夜的海洋
無邊的天際僅有星星在心中發亮

　　偶病重傷風，體溫持衡於三九度以上者數日。幸醫生細心診
治，臥床十日後即痊，亦云幸矣。賦詩一首，誌念。

原載《文聯季刊》一九五五年

獻

你明亮的眼睛
是破曉的晨星
長夜在穹蒼的明燈

你鬆鬆的髮絲
似感非感的雙眉
褶雲層裏是愛的依歸
你腳下的青山綠水
一片萬紅千紫
春風描不盡玄遠幽思

我把人間一切智慧的詩句
呈獻給你浩瀚秘奧的心靈
當快意浮現在粉紅的雙頰
一絲的淺笑有一份的愛情

病中發高熱，時作夢囈，醒後又忘所語。逢有友輩來訪，心情頗能安寧片刻。友去，又悵然若有所失。

　　昔曾為Sir Thomas Lawrence之油畫Pinkie題詩一首，昏迷中畫裏女郎似曾過病榻相探，一時竟不知是夢是真。因刪錄舊稿於右，以示感念。我所愛者其Pinkie之化身乎？

原載《文聯季刊》一九五五年

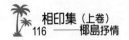

獻（英譯：施約翰——JOHN SY）
A Dedication

Translated by John Sy

施約翰　英譯

Your bright and shiny eyes

are morning stars at dawn

night long guide-light hanging in the sky

your slack curled hair strands

brows that seemed woeful yet not

in cumulus are setting of love

Down your feet the gueen hills and streams

array of purple and red

pensive thoughts spring breeze wouldn't sketch in full

With all the verses of wisdom on earth I would

dedicate to your vast mystical soul

when tinge of joy would show on your pinkish cheeks

each of the smiles should contain a piece of love

獻（英譯：莊祖欣——JEFFREY CHING）
Dedication

Translated by Jeffrey Ching

莊祖欣　英譯

Your eyes resplendent shining

Are stars that break 'pon morming

Or,lamp-like,gleas from eve till dawning

Your curling tresses loosen,

Your brows now sadden,gladden,

And,cloud-wrapp'd,set to Love's own pattern.

The hills and rivers at your feet,

Their myriad hues that,wind-swept,meet,

Know not those thoughts that darkling fleet.

The wide world's store of verses sage and wise

Before your soul's vast mystery,I'd lay-

Would but from joy,

that pink to a biush would rise,

And that faint smile a hint of love display!

獻（菲譯：施華謹——JOAQUIN SY）
Alay

Salin ni Joaquin sy

施華謹　菲譯

Ang mga mata mong makislap,maningning,

Sa bukang-liwayway,bituing bagong gising,

Maliwanag na ilaw-gabay sa gabing madilim.

Ang buhok na alun-alon,malayang nakalugay,

kilay na tila may lumbay,wala namang lumbay,

Tiniklop sa mga ulap ang puno't dulo ng pagibig.

Ang berdeng bundok at ilog sa iyong mga yapak,

Malawak na pula at biyoleta at libong mga kulay,

Ang panimdim,hindi maipinta ng hanging tagsibol.

Ang lahat ng berso karunungan sa sangkatauhan,

Alay sa kaluluwa mong mahiwaga,walang hanggan,

Nang galak ay sumilay sa malarosas mong pisngi,

May kalakip na pag-ibig ang bawat hibla ng ngiti.

獻（簡譜──英譯：施約翰（JOHN SY）
作曲：黃楨茂）

獻 A DEDICATION

Poem by co.KAI TZE
English translation by John Sy

許芥子 詞
黃楨茂 曲
施約翰 譯

1=G 4/4 ♩=76

你 明亮的眼 睛　　　是 破曉的晨
Your bright and shiny eyes　　are morning starts at

星　　　長 夜挂在穹蒼的 明　燈 挂 在穹 蒼的明
Dawn　　　night long guide-light hanging in the sky

燈　　　你 鬆鬆的髮絲　　似 戚 非戚的雙
Your slack curled hair strands brows that seemed woeful yet

眉　褶雲 層 裏是愛的 依　歸　是　愛
not.　　in cumulus are setting of love　are　setting

的依　歸　你脚 下 的青山綠 水　　一
of love　down your feet the green hills and streams

片 的萬紅千 紫　　春 風 描不盡玄 遠 幽 思描不
array of purple and red　pensive thoughts spring breeze wouldn't sketch in full

盡玄 遠幽 思　　　　　　我把
pensive thoughts wouldn't sketch in full　　with all

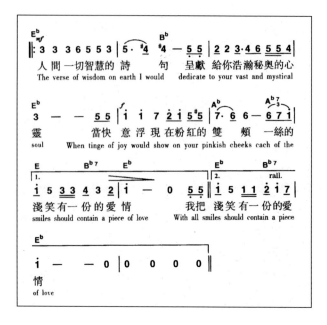

【註】

　　抒情詩《獻》，原為芥子六十年代觀賞英國大畫家SIR T. LAWRENCE
作「PINKIE」啟發靈感之寄情詩，以獻予當時心目中的愛人——亦即後來其
愛妻。

　　《獻》獨唱曲，係享譽東南亞僑界資深作曲家黃楨茂，為紀念與詩
人生前之情誼；及紀念故友芥子辭世二週年之精心創作。該曲旋律輕巧優
美，充滿感情；反覆的結構與樂句，強調詩人愛情的真摯懇切；流暢的伴
奏亦簡潔和諧。

　　菲華名小說家兼翻譯高手施約翰（JOHN SY），亦為芥子生前好友，
多年前特將《獻》詩加以英譯，以神來之筆，依中文詞句的音節譯出，使
能直接按譜吟唱。

　　此寄情詩《獻》，在十餘年前曾請菲華樂壇名歌手楊少森獨唱，旅美
音樂家史美海鋼琴伴奏；後又請樂壇長春樹——名女高音胡秀珍獨唱，其

好友伴奏高手王露絲鋼琴伴奏，皆錄音於紀念詩人辭世之週年紀念日，在前故資深名廣播家施友土主持的「正義之聲」播出，且甚受聽眾歡迎，應請重播……。

　　該曲後經愛樂者之請，再由原作曲家黃楨茂增編為四部合唱曲；於一九九〇年由馬尼剌愛國校友合唱團在《星夜之迴響》音樂晚會首演；一九九二年在菲華文藝協會慶祝成立十週年暨第六屆就職典禮中，馬尼剌愛國合唱團，應邀獻唱文協故理事許芥子名詩《獻》；一九九八年，菲華培青合唱團於海華文藝季《將愛實現》音樂晚會中，且以伴舞演唱此抒情歌曲；二〇〇四年，菲華藝宣總隊慶祝成立五十五週年紀念，舉辦甲申年《歌唱舞蹈晚會》，即由藝宣總隊合唱團合唱詩人芥子的名詩《獻》，由僑界名指揮孔國嬈指揮，柯美琪，孔俊生及許南勝以鋼琴、小提琴與橫笛聯合伴奏；別開生面，樂韻和諧，詩意盎然；且先後分別在美菲音樂廳及自由大廈中正堂各表演一場，皆深獲與會人士好評，留下深值回味的餘韻。

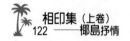

年青的神

年青的神，
讓我告訴你一聲：
西邊的雲霞，
原來自你的雙頰；
黑夜的星星，
是你晶亮的眼睛。
雲霞星星，
那有你的眉宇清新？

你不信嗎？
當小溪映現著你的倩影，
流水會有銀鈴似的聲音。
又當你我郊野踏青，
百花為甚麼笑顏相迎？

年青的神，
我再告訴你一聲：
春花盛開，
春天本為你我安排！

年青的神，
我再告訴你一聲：
百囀的雲雀，
那有你笑時天真？
矯健的海燕，
怎比你姿態輕盈？
雲雀海燕，
沒有你高潔的靈魂。

我把人間一切智慧的詩句，
呈獻你浩翰秘奧的心靈，
當快意浮現在你粉紅的雙頰，
一絲的淺笑有一份的愛情。

年青的神，
我再告訴你一聲：
春花盛開，
春天本為你我安排！

一九五五年

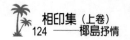

年青的神（英譯：施約翰）
Youthful Goddess

Poen by: Co Kai Tze

Translated by: John Sy

施約翰　英譯

O youthful goddess,

Let me say to you this much:

The cloud west of sky

Originates from your cheeks;

The stars in the night,

Are your crystal shiny eyes.

The cloud and stars need yet your dainty countenance;

As the brook reflects your image,

The running flow will chime like silver bell.

And as you and I stroll the meadows.

Why such sunny greetings from all the posy ?

O youthful goddess,

I tell you this much again:

As flowers bloom, spring has been designed for you
and me.

O youthful goddess,

Let me say to you this much:

The singing larks the pure charm of your smile.

The agile seabird

Is shy of your greceful poise.

The skylark and the seabird have not your spotless

soul.

With all the verses of wisdom on earth,

I would dedicate to your vast and mystical soul,

When tinge of joy would show on your rosy cheeks,

Each of the smiles should contain a piece of love.

O youthful goddess,

I tell you this much again:

As flowers bloom, spring has been designed for you

and me.

年青的神（菲譯：施華謹）
Kabataang Diyosa

Salin ni Joaquin Sy

施華謹　菲譯

Kabataang diyosa,

Hayaang sa iyo ay sabihin:

Ang makulay na ulap sa kanluran,

Sa mga pisngi mo nanggaling ;

Sa gabi ang mga bituin,

Ay mga mata mong maningning.

Ngunit ang ulap at bituin,

Sa marikit mong anyo, paano ihahambing ?

Hindi ka ba naniniwala ?

Nang sa munting batis,anyo mo'y nagkahugis,

May gunog kampanita ang tubig-batis.

At nang sa parang namasyal kita,

Mno't nagsingiti ang laksang bulaklak ?

Kabataang diyosa,

Hayaang sa iyo minsan pang sabihin:

Nang mamukadkad ang mga bulaklak sa tagsibol,

Ang tagsibol nga'y nilikha para sa iyo at sa akin!

Kabataang diyosa,

Hayaang sa iyo minsan pang sabihin:

Ang awit ng ruwisenyor,

Sa dalisay mong ngiti,paano ihahambing？

Ang liksi ng golondrina,

Hindi taglay ang tayog at linis ng iyong

kaluluwa.

Ang lahat ng berso ng karunungan sa

sangkatauhan,

Alay sa kaluluwa mong mahiwaga,walang-hanggan,

Nang galak ay sumilay sa malarosas mong pisngi,

May kalakip na pag-ibig ang bawat hibla ng

ngiti.

Kabataang diyosa,

Hayaang sa iyo minsan pang sabihin:

Nang mamukadkad ang mga bulaklak sa tagsibol,

Ang tagsibol nga'y nilikha para sa iyo at sa

akin!

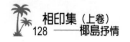

孤帆

久想浮桴於海
飄向那世外荒島
夢中一夜奇遇
醒來四周滔滔洪水

萬里長空一輪昏月支撐
照不出天海的界限
船頭卷起千重浪，萬重浪
化作隕星點點冷淚

闖遍了江河湖海
孤舟回不了記憶的家
海天外靈魂獨自哭泣
尋夢，自己先迷失了來路。

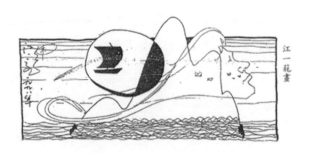

孤帆（英譯：莊祖欣）
The lone Sail

Translated by Jeffrey Ching

莊祖欣　英譯

Long had I longed to drift on a raft on the seas
Towards that desert isle at the edge of the universe.
Asleep, I dreamt a night of mysteries
And woke to the ceaseless, circling surge of the waters.

A firmament vast upheld its lunar sphere,
Too faint to trace a line 'twixt sea and sky,
As 'gainst the prow the mighty waves crashed near,
Then starry dropped as Icy tears from Heaven's eye.

Alone I toil through river, lake, and stream,
A boat adrift from memory's dwelling-place.
At world's end weeps a soul that sought a dream:
The way I came,I lost,and can't retrace.

【註】

　　敘事詩「孤帆」，為芥子早年欣賞美畫家A.P.RYDER的名畫「TOILRERS OF THE SEA」之題畫詩，意境深邃，引人入勝。

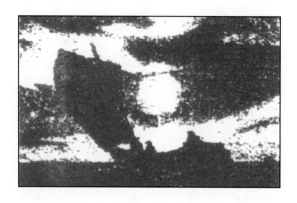

「孤帆」A.P.RYDER

獻·孤帆簡介

李惠秀

　　「獻」與「孤帆」皆為先夫許芥子六十年代早期題畫的小詩；也是自世界著名畫家SIR·T·LAWRENCE之作「PINKIE」及詩人畫家A·P·RYDER之「TOILERS OF THE SEA」啟發靈感的寄情詩：前者感情真摯。含蓄細膩；後者充滿奇想，洋溢哲理的韻味。

　　很感謝菲華旅英天才作曲家莊祖欣（JEFFREY CHING）去年年初應筆者之請，特為此兩首小詩譜成精緻的樂曲；並加以傳神的英譯。

　　莊君天才橫溢，音樂語言尤豐，基於對此兩首題畫詩的喜
愛，觸動靈感，樂思泉湧，竟於兩日內完成譜曲的初稿，時為一
九九〇年三月下旬，後修訂於同年十一月初。這兩首樂曲之特
色，在於將東方傳統的含蓄憂鬱的情懷，與西方主觀奔放的詩意
成功地融匯合一，成為中西藝術文化交流的結晶。

　　他的譯詩於去年十一月由英返菲的度假期間寫就初稿；定
稿完成於今年正月。他的文字造詣頗高，譯筆嚴謹典雅，深得
原詩神。

　　此兩曲為男中低音而寫，亦適於女低音獨唱，但伴奏部份
難度甚高；尤其是對「孤帆」中千層浪的氣勢及迷途的心境的表
達，著實不易。

　　莊君此兩首抒情精品，是芥子辭世四年紀念的最好獻禮。希
望在不久的將來，能有機會讓愛樂的朋友聆賞。敬請期待。

　　　　載於紀念詩人芥子辭世十週年特刊（一九九六年）

孤帆（菲譯：施華謹）
Ulilang Layag

Salin ni Joaquin Sy

施華謹　菲譯

Malaon nang pinangarap magpatangay sa dagat,

Hanggang sa ilang na pulo sa dulo ng daigdig.

Dinalaw isang gabi ng mahiwagang panaginip,

Nagising sa gitna ng dumadaluyong na tubig.

Pasan ng buwan ang walang-hanggang kalawakan,

Di matanglawan ang hanggahan ng dagat at langit.

Sumalpok sa prowa ang libong milyang mga alon,

Nagsa-bulalakaw,patak-patak na luhang malamig

Mag-isang sumagasa sa mga ilog,dagat at lawa,

Ang ulilang bangka,di makauwi sa tahanan ng gunita.

At sa pagtugis sa pangarap sa dulo ng daigdig,

Ang kaluluwang naligaw,mag-isang tumatangis.

【註】

　　華裔菲文名作家兼翻譯健筆施華謹，特應故詩人芥子之夫人之請，於百忙中為詩人完成信，雅，達之三首寄情及題畫詩：「年青的神」，「獻」與今日發表之「孤帆」（ULILANG LAYAY），此著實為詩人今年辭世二十週年之特別獻禮。

　　菲律濱華裔青年聯合會前會長施華謹，曾榮獲菲律濱作家聯合會二〇〇六年度描轆沓斯文學獎（GAWAD BALAGTAS）。他亦曾榮獲二〇〇四年扶西、黎剎傑出華裔菲人文學獎。多年來，他對中菲文化交流活動，貢獻至鉅，今獲殊榮，誠是實至名歸。

暮煙

夢中一夜仙境奇遇

靈魂徘徊在阿里山顛

俯瞰迷離蔥蔭的松林

腳底下暮煙帶走了夕陽

隱約聽到靈魂深處的嗟怨

不跪蒲團，不在菩堤樹下

平空怎能縱身飛上西天

生命好似霧海裏一陣颶風

時光帶著你飛越三山五嶽

醒來依舊是千年臭皮囊

畫：江一龍

【註】

　　「暮煙」原為芥子五十年代，觀賞名攝影家王之一訪菲影展中之傑作「暮煙」，啟發靈感而成的敘事詩；後得菲華名畫家江一龍為之配畫，更見意境虛無飄緲，深具禪趣。

故國夢重歸

手

記憶中柔如寒玉的素手
乍一握住，
竟是一把欲斷的枯枝

問誰貪饞地吸吮
那一雙白潤的血肉？
你欲語還休，
只說時光馱走了青春。
三十年也許不算短，
另一個世界也不算長，
推算你的年齡，
距知命之年尚差一段。

記憶中的錦繡年華，
毋須追尋，毋須重訴，
你希望年輕一代有紅潤的手。

英雄

宛如一頭初出洞的雛虎，
在一場亙古未有的鬥爭中，
人們讚許你堅強冷峻，
只憑一句：六親不認，
你贏得小闖將的令名。

何曾捧上英雄的座位？
大賭博中你命定是輸家。
喧囂與搏殺聲中，
唯你自知心靈深處的虛空。

昔別，你還是童稚之齡，
如今，你已步入中年，
噩夢醒後，
現實於你已一無所有，
幻想的破滅夠你悲哀。

冷漠

無言的冷漠，
似籠罩天空的暗雲，
一片灰白的蒼白。

耐心猜想陰霾的背後，

或有雨過天晴的暖流。
一聲惱人的悶雷，
不再佇候驚蟄的初雷。

好友，感謝你
給我沉默的暗示；
低氣壓的天空和土地，
綻開不出芬芳的花朵。

驪歌

偶然一次夢中的重逢，
宛如春花與秋月；
但願時序的迢遞，
你我只有無奈的承受。

片刻相聚的歡愉，
接著黯然訣別的哀愁。
重逢與別離，
猶如春潮弄沙，
一番擁抱是一番折磨。

無言相對淚眼，
但期能再次握手。
縱使重逢已似隔世，
時間的巨網已拋向海洋。

原載「菲華文藝」月刊

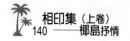
獨舞

喜看你獨自婆娑起舞
不在華堂的舞臺
而是穹蒼覆蓋下的大地

你輕盈的舞步
旋轉於蔥綠之間，
綠的延伸是山
山的盡頭是蔚藍的天
天藍
海藍
藍色爬上你的心頭

八月的早晨
微風送來陣陣的鳥聲
我的喝采不再是獨語
舞吧
你天生的舞者

在獨舞中

你，你將會發現自我

畫：江一龍

原載「文藝沙龍」

環球日報1987年

無題六章

一

恍惚邯鄲一夜逆旅，
醒來何曾有盛世浮華？
行腳僧人一聲去也
辛酸的歲月，破舊袈裟。

二

莫非是壺中乾坤歲月，
算甚麼五陵磨劍俠客，
青春早在記憶中遺忘，
引吭毋須再慷慨悲歌。

三

夢裏我有自己一片天地，
三十三天雲羅與輕紗，
可惱夜來一陣風雨瀟瀟，
帶來了憂煩——油鹽米柴。

四

深悔當年不舍棄那襲青衫，
如今更脫不下這副桎梏。
且別為我慶賀這末世虛名。
漫漫長夜有人陪我受苦。

五

夢中歲月沒有黃昏，
一刻的溫存最為銷魂。
海上空留逝去帆影，
撥樂僅聞空虛的潮聲。

畫：江一龍

六

從北到南，從南到北，
破舊的地圖中流轉，
可憐有如朝聖的行腳僧，
來時風沙，去時一身雨雪。

轉載一九九五年八月十一日
《詩人芥子辭世八年紀念特輯》

坐看雲起

俯視著千年的絕壁，
多少的星宿盡收眼底，
多少的往事如煙逝去。
瞬息間你何曾抓住永恆？
回到夢裏魂找不到自己。

刻意追尋前人的足跡——
是那可望難接的虛無仙境，
偏是，兩腳跨不出生命的門限，
待收拾身內萬縷塵念，
三十三天外已星移斗換。

一篇故事也快完了，
問你袖裏還有多少春秋，
夢裏、夢外何曾有寧靜歲月。
天邊外，孤月隨著晨星殞落，

攝影：郎靜山

（複製照片：由楊輝燕、洪藝禮提供）

【註一】

　　詩人芥子熱愛文藝，對藝術的欣賞，更注重超越表面而進入精神。他平日生活恬靜平淡，由其題畫詩即可窺見他嚮往「詩情畫意」的一斑：「坐看雲起」是詩人早年欣賞攝影大師郎靜山在菲影展名作「坐看雲起」的即興題影詩，和「孤帆」題畫敘事詩，皆是他工餘之藝術欣賞隨筆；曾經先後於紀念詩人辭世七週年及十一週年專輯刊出，並承蒙菲華名畫家江一龍淵林龍泉，悉心配畫，倍覺意境飄渺空靈，相得益彰。

【註二】

　　「坐看雲起」，為詩人芥子早年觀賞我國馳名中外之「集錦攝影」大師郎靜山，在菲舉行影展之名作──「坐看雲起」之題影詩，亦是他工餘之藝術欣賞隨筆。

　　可惜當年郎靜山大師「坐看雲起」原作之複製照片，由於住所經多次遷徙至散失；後幸得僑社攝影界前輩楊輝燕與洪禮藝兩位名家，提供郎氏影作選集中之名作，俾芥子此題影詩始能與郎大師之傑作配合刊出，而相得益彰。在此，許芥子夫人特託編者藉此園地向楊、洪兩位攝影名家，謹致謝忱。

　　該題影詩頗有禪味，且郎靜山大師攝影中之意境飄渺空靈，應為大師遊遍中華錦繡河山所匯集精選而成的人間難得一見之虛無仙境……。

　　此詩作亦深為菲華樂壇泰斗黃楨茂所喜愛，早於二〇〇三年為之精編為獨唱與四部合唱歌曲。

　　　　　　載於紀念詩人芥子辭世廿一週年特刊（二〇〇八年）

坐看雲起

坐看雲起

詩：許茅子
　　辛江一龍
書：陳焯明

俯視著千年的絕壁，
多少的星宿棄如脫成。
多少的往事如煙逝去。
瞬息間你行習擬住永恆？
回到夢裏，雲魂找不到自己。

剎意追尋前人的足跡——
是那多建難接的虛無仙境。
偏是兩腳跨不出生命的門限，
持奴拾身肉為縱慶念。
三十三天外已星移斗換。

一篇故事也快完了，
同休袖衷還有多少春秋，
夢裏多夢外好習有宵飛戰月。
天遙外孤月隨著晨星殞落，
腳底下一片朝雲母母昇起。

【註】

　　一九九四年八月十一日，在詩人辭世七週年紀念刊中，承蒙菲華名畫家江一龍（林龍泉）悉意為」坐看雲起」配畫：於詩人辭世十週年紀念之特輯，又惠蒙菲華暑期文教研習會教授團團長書畫名家陳炫明教授，特應芥子夫人之請，為該詩構成妙趣盎然，相得益彰的一幅「巧詩、名書、佳畫」。

第六輯

評論芥子的文章

芥子散文內的信息

蔡惠超

　　華文作協擬定五位寫作人，就已故名作家許芥子的四篇散文說出各自的欣賞解讀後的感想，相信無論是褒是貶總對整個菲華文藝研究激發出一個比較健全的朝向。從長遠來看，這種新的風氣亦有利於菲華文教育的推廣並予有意深入從事寫作者一些值得借鏡的助益，因為意氣漫罵的作風，能叫社會看輕文人及文藝。

　　《淡紫色的信》、《燈》、《窗》與《樓》大約寫於四十年代末、五十年代初，作者剛處在三十左右的年紀，亦是最瞭解青年男女情欲初萌時所共同遭遇的種種困擾如愛情、前途、理想、社會現實等等，都被作者一一淋漓盡致的描劃出來。

　　四篇散文中標點「分號」與「冒號」用得很多，尤其是前者的「半支點」對等符號，顯然文中主人公（亦可能是作者化身）受模棱兩可（或不可）與左右為難的情緒苦纏縛繞。用辭如然而、但是、反之、幸好其實是不幸；理想、泛滅、欲望、空虛一再出現。

作者以離鄉遠遊人心情的一封遲遲未寄出的信來敘陳表露心中鬱悶，孤寂與悲劇式的苦戀。他引用宋代陸遊詩句表達憂國憂民，憤世嫉俗的情懷。

本人認為這四篇是典型的傷感文學代表作，內中充滿游離、懷疑、無奈的辭語，如惆悵、衰微、憂鬱、神傷、淒涼、呻吟、樊籠、黯然、無望、嗟歎、哀愁、愁淚、絕望、孤寂、病、憔悴、模糊、甚至消逝、離別永息諸辭。《夢魂》本身就說出了一種消極的觀念。是否那個年代是菲華青年的彷徨時期？

毫無疑問，作家文字造詣老練姣好，還常涉用音樂繪畫方面的術語，助強讀者多面的感受，但味覺、觸覺則沒有使用。

這四篇散文有否菲華的特色？看來不多。菲島沒有春夏秋冬四季，但本地文人詩人卻喜愛提用，或因受「主流文學」影響吧！

在「燈」、「窗」、「樓」的淡淡哀愁中，「燈」象徵理想與前景；「窗」代表接受框框的社會教條現實；而「樓」更是「燈」與「窗」的延伸，也有「有家歸不得」的悲傷感慨。

以上是本人「就文論文」的感想，不能對文藝忠實的作家一個全盤的詳論。讀者諸君如有機會看到其他中、後期作品，必定會有不同的印象，甚至全然推翻本人這些只占不到百分二十分量的評論。

二〇〇三年八月十五日原載《藝海載語》

作協首次賞文會

學無涯／整理

　　很久未參加作協主持的活動，聽說八月開始學術委員會主持的「賞文會」，而且是賞析吾師李惠秀女士已故丈夫，著名菲華文壇多面高手許芥子先生的作品，懷著崇敬熱忱奔赴該會。意料不到很多文友早經到場，其中有些是未謀面的，作協增加了數位新來的會員，實令人高興。

　　晚宴過後，準時開講，由吳會長新鈿簡介許芥子：他先聲明今晚的「賞文會」是先介紹早期的作品，以後有機會還要介紹他中、後期作品。

　　學術委員會主任莊子明理事補充：他和芥子早在報界就熟悉，他為人謙虛不擺架子，數十年前在報界和文藝界默默耕耘，做事不為人知，但事實上做了很多。他的為人謙虛，從他的筆名芥子可以見出。芥子是「芥菜種子」生長起來很茂盛的，所以這樣，寫成了很多好的作品。

　　一民（張為舜）先生：他詳細欣賞《夢魂草》三章作品，並引出文句為證。他認為作者以第二人的手法寫作引導讀者感染力的好方法：《燈》──寫出作者的理想和信念，詩意甚

濃。《窗》——從窗看到早晨，黃昏和夜晚的不同景象和世界。
《樓》——寫出封建時代中一對癡情男女的愛情悲劇。這三篇有
連續性的散文寫出怨與恨，愛與苦，抗爭與失敗等等感情，但詩
意很濃，可以說是散文詩。

　　理事蔡惠超前輩的閱讀感想：他首先認為本會主辦的「賞
文會」無論是「褒」是「貶」總是菲華文藝研究能啟發出比較
健全的積極作用，有利於華文教育的推展，也有利於從事寫作
人的參考……他認為芥子這四篇散文大概是四十年代後期的作
品，也許是作者在三十歲時所寫；主題似乎都是當時菲華青年
男女所共同遭遇的各種困擾，例如：愛情，前途，理想和社會
現實等問題。蔡前輩詳細分析芥子的作品中文句裡標點符號的
運用和措詞遣句的手法……他認為作者是用象徵的手法抒懷：
燈——所象徵的是光明和理想；窗——所象徵的社會的教條；
樓——象徵的是遊子有家歸不得的悲傷情懷。他認為芥子在文
中流露出憂國憂民，憤世嫉俗的情懷，這四篇散文是典型的傷
感文學的代表作；只可惜文章所描寫的無菲國的地方色彩。他
希望將來有機會再能讀到他的中、後期作品，以便能更詳細的
解讀。

　　江一涯副會長的感想：以文論文這數篇文章是芥子的早期作
品，作者是用回憶筆法寫出，彷彿是以故鄉為背景，內容沒有菲
島的地方色彩，文章的主題不算明朗，結構不太嚴密，且帶有灰
色的情調；他希望以後能有機會再讀到芥子中、後期作品，使能
有更公正和深入的探討。

王勇秘書長感想：他認為「賞文會」中所賞析的文章是作者早期作品，因為寫作年代的不同，很難用這個時代的眼光來看待這些作品，他認為芥子的作品是表達他那個時代的感情，有傷感的情調，深刻性可能有些不足……。他以為這次「賞文會」不是解讀作者的作品，而是希望大家拿著這些影印文章回去可以回味或重新思考。芥子的作品是非常值得探討，因為他是菲華已故的一位非常有名氣的前輩作家。大家應該加強對前輩作家的關注，因為今日的作家，將來的作家都會成為前輩作家，我們關注前輩的作家，將來也會有後人會關注我們，這是一種良性循環。

莊子明主任補充：這次「賞文會」相當成功；好的開始是成功的一半，希望以後會有更理想的表現。他認為世界上沒有十全十美的作品，剛才蔡滄江文友提出他對芥子作品的看法，是很有建設性的，可供大家參考。

吳會長新鈿的結論：謝謝各位負責同仁對芥子作品盡心盡力的深入探討；他亦認為芥子這四篇早期的散文，因時代不同，難以現代人的眼光來致評論；不過他認為從文論文，芥子這四篇散文，文筆優美，多姿多彩，有濃濃的文學意味，顯示出文字的時代感。吳會長同時提出芥子中期在臺灣《劇與藝》，文藝雜誌的專欄作品及較後期的詩作，他希望將來能有機會推出故許芥子後期的作品來。

夜已深沉，在歸途中筆者和李惠秀老師同行，她說：「今夜的『賞文會』承蒙幾位文友悉心評論，又有很多文友在百忙中抽空參加，令我很感動，謹向各位致誠懇謝意。」

　　華文作協又進一步鼓勵讀文讀書風氣確實做了不少的實實在在的工作。

原載二〇〇三年八月《聯合日報》薪傳副刊

海
──詩集的評閱

許冬橋

　　我們不敢說華僑的詩作品上水準，但我們企求在這華僑文藝荒蕪園地有很多的墾拓，發掘，幾年來在《長城》孤心苦詣努力的培植下已有許多詩集出現，其中《海》詩集更有很多較進步的詩作值得我們歌頌，如芥子的《歌》。

　　　唱吧，
　　　唱一曲無聲的歌，
　　　天上少幾顆星，
　　　潮水也變了音。

　　意境多麼的深邃，韻調多麼的自然，讀後多少要有一點不能磨滅的印象，另一首《飄》也很流麗，惜第七句首二字「海濱」作者似失覺察運用。因為「遠方」與「海濱」好像是欠些聯繫。

帶走了一個希望，

帶走了一個理想，

明天，

明天我將飄向遠方。

遠方有兒時手植的桃花，

春風頻頻把它帶入旅夢。

「海濱」有隱約熟悉的歌聲

歌聲召我回歸破舊的夢中。

帶走了一個希望，

帶走了一個理想，

明天，

明天將飄向遠方。

全詩可以朗誦，不過應該要求作者自己在斟酌一番，以求完整，再來一首《聽琴》。

漫說人生像是一支歌曲，青春的琴弦拉緊了，蓓蓓，你彈落了一個黃昏又逗來了一個黑夜。

這首詩非有真實的感觸，不會有這樣成就。他在《眾生相》《文人》。

人家不該我說的話，我偏要囉嗦，

我罕有恣意的歡笑，但，

當無恥的人憎恨我時，我笑了

我笑了，忘記饑餓。

舞娘

沒有我，都市缺少一份光；

我弄不清，是誰在紅燈綠酒間失掉了靈魂？

我僅知道一樣的婆娑，雖動著兩顆不同的心，

而他在我的手上失卻人性，

我是都市的產兒，用這未褪色的肉體，

支持都市的青春。

《眾生相》以諷世為對象，對詩的企求受到極大的沖淡，因此，我不贊成他這樣做。

整整的一年，不是沒有感覺，是害怕自己「寫」不出什麼的來，因此近來喜歡讀詩。

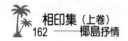

稜稜峰石
——悼念杜若、芥子和亞薇

本予

　　他們三位，芥子的感情是較為細膩含蓄的，他少在詩詞中運用豪放的手法，但這並不意味愛國心落於他人之後。試看他的《故國夢重歸》一詩，便可見其詩之深遠，超乎自己的時代。

> 「記憶中柔如寒玉的素手，
> 乍一握住，
> 竟是一把欲斷的枯枝。
> ⋯⋯，
> 記憶中的錦繡年華，
> 毋須追尋，毋須重訴，
> 你希望下一代有紅潤的手。」

　　從這首詩，你可以發掘芥子內心深處的情懷。分明他憂國憂民，怕詩中的物件受苦；但他寫來委婉，只用「欲斷的枯枝」作為象徵。分明他對家園長存厚望⋯⋯重見青天，可是他把希望托

與下一代，只用「紅潤的手」來代表多福多澤。寥寥幾個字見其敦厚，亦見其靈氣之直承宋詞。

原載《再生的蘭花》（二〇〇三年二月）

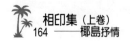
生活的詩意
──芥子創作簡論

趙順宏

　　芥子是菲華資深作家，也是屈指可數的早期菲華作家之
一。芥子原名許榮均又名許浩然，福建廈門人，曾就讀於鼓浪
嶼英華書院，抗戰爆發，遷居菲律賓。到菲後積極從事抗戰活
動，曾與柯叔寶共同編印義勇軍油印機關報《大漢魂》。光復
後，芥子又與柯叔寶共同主編《大中華日報》副刊《長城》，
並與同仁組織了一個文藝團體「默社」編輯菲華第一本文藝
作品選集《鉤夢集》，在上海出版。一九五一年又與同仁共同
組織創立了菲律賓華僑文藝工作聯合會（簡稱「文聯」），此
後，又陸續做過《公理報》、《大中華日報》、《聯合日報》
的編輯、主筆。芥子除了潛心創作外，也十分重視文學活動的
開展。

　　在創作上，芥子是個多面手，既有詩歌，也有散文與小
說。芥子感情充沛，具有詩意化的性格，儘管有人戲稱他為
「橡皮人」，但這種處事的溫和難掩性靈的純真。因而他的小
說、散文也都流露出詩意的氣質，具有詩意化的性格。

　　芥子是菲律賓五六十年代重要的詩人之一。應該說五〇年代菲華現代詩的創作並不繁盛，零星的創作大多還處於探索階段，對於現代派詩歌營養的廣泛吸收那是六〇年代以後的事。難能可貴的是芥子此一時期的詩卻顯示出相當程度的成熟與不同尋常的藝術成就。他的詩所具有的心靈的奧義程度（非對現實直觀的描述）以及在詩歌形式上的探索，為六〇年代現代派詩風的興起起了先導的作用。其中《無題》、《戀歌》等為其代表作。

　　芥子的詩總體看來表現出一種愛的熱烈與幻滅的憂愁。我們此處所說的愛並非僅指男女兩性之間的愛情，儘管在芥子的詩中愛情佔有重要的地位，而且在現實生活中他擁有讓人稱道的愛情、婚姻。這裡所謂愛是指更廣泛意義上的對於世界的一種態度，一種強烈的博愛之心和入世情懷。

　　具體說來，這種愛在芥子的詩中表現為對於愛情，對於友情，對於故鄉，對於生活的強烈的感受與執著。

　　當然對於一個詩人來說，僅僅具有強烈的感情是不夠的，他還必須把這種感情表達出來，也就是說他必須把這種感情凝化為某種可感知的藝術形象。在這一過程中，不同的詩人具有不同的創作特色。在芥子的愛情詩篇中，對於愛的熱烈的期盼，幻想，並不是以一種強烈的呼喚的姿態出現的，它更多地表現為一種心靈的幽微的洞察與敏感，因而在詩中作者總是能夠捕捉到處於愛情之中的心靈的瞬間的活動：

　　　愛情來時你或猶自不知，

　　　一覺醒來枝頭已掛滿蓓蕾；

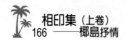
松濤與潮音竟是一首天籟，

誰的記憶有你深深的足印？

——《友情草·二》

　　這種感情推動下的作者的想像產生了優美的比喻：「你明亮的眼睛／是破曉的星星／長夜掛在蒼穹的明燈／／你鬆卷的絲／似感非感的雙眉／褶雲層是愛的依歸。」（《獻》）「春風輕叩著愛情的柴扉／問候鳥何日傳播佳訊？／今夜，讓我為你高歌一曲，／一曲高歌，聊寄萬縷相思。」我們在閱讀芥子的這些熱切的詩篇的同時，也不難感到在其詩句之中往往有著一種隱隱的幻滅之感。但這種幻滅之感，不單純是一種悲觀的情緒的流露。我們已經指出芥子的愛不表現為一種狂熱，盲目的躁動，而是一種內在的敏感。這種敏感也就極容易使詩人意識到事物的短暫性與有限性，而「愛」這種情緒在本質上堅持要求永恆與無限，這種矛盾正是造成作者心靈痛苦的來源，也是詩作中幻滅感的根源。顯然，在其詩作之中，愛的情感為主導性的方面，幻滅的情感屬於較為次要的方面，而且從根本上來說是從屬於愛的情感的，正所謂愛之愈切，憂之愈深：

俯視著千年的絕壁，

多少的星宿盡收眼底，

多少往事如煙逝去。

瞬息間你何曾抓住永恆？

回到夢，靈魂找不到自己。

……

—（《坐看雲起》）

恍惚邯鄲一夜逆旅，

醒來何曾有盛世浮華？

行腳僧人一聲去也，

心酸的歲月，破舊袈裟。

—（《無題六首·一》）

　　芥子的詩雖然屬於現代自由詩，但他比較講究格律，追求詩的音樂美。他吸收了中國古代詩歌的有益營養，同時對於中國現代詩歌發展過程中的探索也積極借鑒，因此十分講究句的整齊與均衡之美。他的詩沒有過長的與過短的句子，而是大致相等，有些甚至如律詩一般整齊。如《無題六首·二》、《獻》的最後一節。他不依靠句的長短形成節奏，而是通過句意本身的起伏來造成節奏，因而這種節奏也就更加內在。詩人對於詩歌美音樂美的追求的表現在他講究詩句的押韻，一樣使得詩句在節奏起伏的同時在音樂上達到和諧優美。正是由於芥子的詩所包含的這種音樂性，因此他的很多詩被一些著名的作曲家譜上曲調，受到廣泛的演唱，其中被譜曲的詩作有：《亞加舍樹下》、《年青的神》、《獻》、《孤帆》等。

　　芥子的散文屬於抒情散文的一類，而且是近於詩的抒情散文，可以稱為散文詩。這些作品大多不是敘說某種事件，也沒有

完整的過程，它完全是一種主觀情緒的流露，是一種「心曲」：
「感謝造物主，賦我無限的生命力，使我低能的手，能譜寫自己
的心曲。於是，我有一些自己編織的幸福與哀傷的歌。」《音樂
之戀·序曲》）——儘管它有時不得不隨物而賦形。作為一種
「心曲」它不起源於對某種集體事物的感情，而是一種內心情感
長期醞釀的結果，因而它比起那種因具體事物感情的情感來說具
有抽象性與不定性特徵。例如他的《抒情篇》中的《序曲》、
《音樂之戀》、《綠色之戀》及《無韻的詩》中《海的抒情》、
《詩人與海》都是如此。在這些作品中，音樂、綠色、海都不是
某特定時刻某一特定地域下觸發作者情思的事物，而是作者感情
的寄託之物。顯然對於這種要把主觀情緒內在的心曲表現出來，
其關鍵在於形諸具體的藝術形象時，物件是否恰切，能否做到生
氣灌注，從而使藝術物件富於生命力與感染力。這些作品在形成
藝術形象時主要採取了兩種途徑，一種是設置特定的藝術情緒以
誘導讀者的情緒與想像；另一種則是使整個作品在節奏與氣氛上
都情緒化，使之籠罩在一種詩意的氛圍中。在第一種表現方式
中，作品追求一種類似繪畫的藝術效果；在第二種表現方式，作
品追求一種類似音樂的藝術效果。如《夢魂草二題》中《燈》和
《窗》等作品就屬於第一種表現方式。在《燈》中，作者所要書
寫的是人生旅途中的寂寥之感。作品以燈為核心意象設置了幾個
不同的場景：「設想你獨自投宿於荒村野店，夜，萬籟俱靜，對
著窗前的孤燈」，「晚風中搖曳不定的燈花」、「初出門的被
放逐者……影單形子……默坐燈前」。在作者設置的有關「燈」
的意境中，表現的不是溫暖與明亮，因為這燈在巨大的黑暗中

（「孤燈」），在飄搖的風中，所以它所傳達出的是一種冷清、淒涼之感。正是這種情境的設置才傳導出與之相關聯的情緒：「莫名的幽思與幻念」，「無端有落寞之感」、「壯志未酬的英雄淚」。這樣人在旅途中漂泊無依的身世之歎便十分強烈地感染了讀者。《窗》則描繪了一個孤獨的隔絕者的精神狀態。作者選擇「窗」這個意象來表達孤獨的感受應該說是匠心獨運，深諳藝術的辯證法的。窗意味著有限的開放，它只可眺望，卻不能自由進出。

窗處於門和牆之間，它既不是絕然的封閉，也不是無拘束的自由，而是表現為一種內在的自由。作品同樣是通過與窗相關的幾種情境來表現人的精神狀態的。當「窗」只是「一個簡陋的木格子窗」，它使「我」「獨處斗室」的時候，「我曾瘋狂地捶擊著窗，捶擊著門，捶擊著牆，捶擊著自己的影子」。顯然，此時窗只以直觀的形式訴諸「我」的感覺，「我」從中體會的只是隔絕之感。這種隔絕卻也造成內在體會的加深，隨著內在體會的加深，「我」也就漸漸能夠欣賞「窗」所表達的內在的自由。「日子久了，我終於習慣於單調如修士的生活，亦慢慢地愛上了窗。窗，它算是我唯一的戀人」。作品進而以清晨、黃昏、夜晚幾個場景來展示我所體會到的這種自由。這種自由不僅在於「我」以觀看的方式與外部的世界取得聯繫，還在於「我」這種「看」是一種欣賞，欣賞正表達著「我」的內在的自由。

芥子的另一些作品如《無韻的詩》（三章）及《藍色小夜曲》等，則採用了第二種表現方式，就是使整個作品在情節、節奏與氣氛上都情緒化。這種情緒化作為種類作品創作的驅動力，

使得作品的其他方面受它的支配而富於一種抒情的氣息。作為一種情緒的驅動，其起動及其力度的掌握就顯得特別重要，尤其是作品起始的基調，因為它關係到整篇作品能否在此種情緒的支配下前後貫通，起伏有致。當然，情感之流的力度與分寸的把握也是非常重要的。芥子的這類抒情散文十分注意這種關係。如《海的抒情》起句較為平緩，後面的部分則有高有低，轉換自如，既寫了海的溫馨，也寫了海的豪放；《詩人與海》起句較高，整個作品則是逐波推高，而顯示一種壯美；《藍色小夜曲》一開首「夜又在歌唱了」，就為作品定下了一種溫婉的抒情基調，接著寫潮汐的喁喁，月光的細語，夜曲的呢喃，使整篇作品沉浸在一種溫柔的詩意之中。如果說在第一種方式的表達中，作品要通過一定的情境、場景來引領情感的運行，作品中的物象，場景尚具有穩定獨立的特徵；那麼在第二種以情緒為主導的抒情方式中，則達到了一種物我交融，渾然一體的境界。在這種境界中，人的靈性啟發、激發了物的靈性，如《海的抒情》中的一段描寫：「我曾投身於海中，讓海神伸出無數的白手，為我撫拭生活的烙痕；我曾倒軟綿如茵的沙灘，聆聽浪花與礁石私下竊語——她如數家珍地道出我不平凡生命中的平凡往事。「海啊，她為我嘆息早逝的童年，她為我追尋逝去的青春，她為我回憶一些淡雲輕煙般的彩色幻夢，她為我勾起無盡戀念的遙遠鄉思，她更傳出我此時靈崖深處的一片歌聲……」

　　芥子除了創作詩歌和散文詩外，間或也從事小說創作。他的小說雖然不多，但卻顯示出相當獨特的個人品格。與作者的詩意化的性格相聯繫，他的小說也是一種詩意化的小說，這種詩意

化表現在作品中，主要是注重抒情氛圍的釀造，注重人物感情世界的開掘。如〈夜曲〉便是這些典型的詩意化小說，〈夜曲〉作為小說的篇名便是一種詩意化的提示。作品又在篇首引入唐代詩人張若虛的〈春江花月夜〉中的名句，顯然使這種如歌如訴的氛圍更濃郁。小說抒情氛圍的釀造，又具體表現為把事件過程故事化、回憶化，同時又在敘事中採取疊映對比的方法，突出其抒情基調。這篇小說所涉及的事件過程實際上有相當廣闊的歷史背景。有當年中國作為老大帝國處於窮途末路時其弱國子民的海外謀生，有西方列強橫蠻殘暴的東方拓殖，有菲律賓的滄桑巨變。但這一切在作品中都不是一個完整的事件過程，而是一種點到為止的背景。它們作為歷史的碎片飄浮於小說語言的上空，其意義在於為小說提供一個富有深度的抒情背景。而小說中男女主人公之間的關係也沒有一個完整的過程，作品提供的彷彿只是人物的素描。作品描畫了他們生活中的某些細節以及一些側影，如歸還遺失的錢袋，佇立樓頭的眺望，等等，作品中更多的是人物交往過程上的空白。這是一種被省略被隱藏後的空白。這種空白正是小說感情的空間。如故事中的男主人公返鄉後，女主人公在熱烈的盼望中悒鬱而死，而男主人公不久也因強烈的歉疚悵然而逝。在簡短的情節中包含著強烈的感情張力。作品還採用了疊映對比的方法來強化抒情效果。這種疊映對比表現在故事中的人物與講述故事的人物之間的某些一致性以及他們之間構成的相互映襯。作品中兩青年（故事的講述者與聽者）在清冷寂靜的午夜講述前人悽楚哀豔的故事，其間就包含著與前人感情上深深的共鳴：「該是今人也有古人的遭遇？」「值得隱憂的，還是歷史的悲劇

恐會永遠扮演下去。」顯然作品中的這種迭映對比和共鳴增強了
小說的抒情效果。此外，作品還把人物的感情與心理合乎邏輯地
推向極端，造成人物心理情感上的尖銳衝突從而產生強烈的抒情
效果。說是合乎邏輯是指並非隨意地把人物置於某種狀態而是從
人物的背景與性格出發來揭示人物的心理、感情世界。故事中男
女主人公衝突的焦點與根源是男主人公的違約。就男主人公而
言，他的違約在當時父母包辦的情況下是不以個人意志為轉移
的，而他的善良的品性，詩化的人格又不允許自己的負約，所以
女主人公死亡的消息給了他致命的打擊。就女主人公而言，她愛
上男主人公帶有為前人贖罪的心理（這也是作品提供的歷史背景
相聯繫的）。她的熱烈與真誠使她無法理解、接受對方的負約。
雖然他們之間的悲劇衝突是由現實規定的，但我們所感受的卻是
主人公強烈的感情輻射。

綜觀芥子的整個創作，可以說對於「詩意」的追求不僅表現
在他的詩歌與散文中，同樣也表現在他的小說之中。

（原載於台港與海外「華文文學」一九九八年三月）

第七輯

懷念芥子

芥子先生行述

施穎洲

　　許芥子先生是菲華社會一個偉人。

　　芥子先生的詩，已經過三十多年時光的考驗，證明以後千百年也能夠存在。

　　芥子先生的真姓名是許榮均，又名許浩然。

　　他生於一九一九年農曆七月二十三日，出身是廈門有名望的家庭。他是革命先烈閩南討賊軍總司令許卓然將軍的堂弟，也是廈門第一大報江聲報社長許榮智的堂弟。芥子先生早年就讀於鼓浪嶼英華書院，因戰事來菲。

　　芥子先生年紀輕輕就加入中國國民黨。日本人佔領菲律賓時，芥子先生與柯叔寶先生編印中國國民黨抗日義軍地下油印機關報「大漢魂」。光復後，芥子先生又與柯叔寶共同主編「大華日報」副刊「長城」，並組織一個文藝團體，叫作「默社」，編印菲華第一本文藝作品選集「鉤夢集」，在上海出版。

　　菲華文壇，由一九四五年馬尼拉市長光復後開始發表文藝作品，到四十多年後的今天，還在繼續寫作不斷的，實在屈指可計，芥子先生是這少數人中間的一個。

　　一九五一年，菲律賓華僑文藝工作者聯合會（簡稱「文聯」）成立，第一屆選出的三個常務理事，是芥子先生、柯叔寶先生及本人。「文聯」領導菲華文藝運動二十多年，到一九七二年中秋節菲政府宣佈軍管戒嚴時，才停止活動。中國文壇一向是左傾的，但是，「文聯」二個常務理事柯叔寶及許芥子先生都是中國國民黨黨員，「文聯」時代，左傾的文藝潮流一步也無法沖入菲華文壇，都是他們的功勞。文聯成立後，芥子先生追求一個很優秀的女文藝青年。芥子先生為了她，寫出他的傑作。這個中英語文修養高超的女孩子就是後來的芥子夫人李惠秀。他們二人成為菲華文壇令人羨慕的一對伉儷，膝下有一女二男。

　　軍管於一九八一年取消後，「文聯」原班人馬，加上文藝新秀，組織「菲華文藝協會」，芥子伉儷都當選理事，成為「文協」中堅。

　　芥子先生是三方面的傑出工作者。除了文藝工作外，他是一個傑出的社會工作者，忠貞的中國國民黨黨員，替黨做了四十多年工作，他最後的崗位是菲華文經總會辦公廳主任。芥子先生也是一個傑出的新聞工作者，他在四十多年的工作中，曾做過「大漢魂」、「大華日報」、「公理報」、「大中華日報」、「聯合日報」等編輯、主筆。

　　但是，我開始已經說過，芥子先生的偉大在於他的詩。這時，我們可以斷定，芥子先生的詩寫在三十多年前，於現在來看還是好詩，將來千百年也一定站得住。如此，芥子先生雖已過世，他一定會與他的詩永遠存在下去。

　　麥亞杜將軍有一句名言：「老兵不死，隱沒而已。」中國和英國有一句話相同，中國帝王死了時，臣民都哀號：「皇上駕崩，皇上萬歲萬萬歲！」英國則說：「國王駕崩，國王萬歲！」

　　現在，我要套用相似的說法，做這篇行述的結語：「芥子先生逝世了，芥子先生永遠活在他的詩中！」

轉載於「菲華詩人芥子先生專輯」

（亞華作家協會會刊一九九〇年）

芥，你走得太快

李惠秀

芥，你走得太快！

你沒有帶走末世的虛名和浮華，卻留下給孩子和我無盡的愛。

你走得好快，快得令人措手不及……你向來不喜歡多麻煩別人，這一趟你無聲無息地離開；你不要我為你唱「陽關三疊」，你只悄悄地獨自上路。然而，我倆尚有多少要傾談的話還沒有說完；還有多長要相伴同行的路還未走完……。

你怎麼忍心在黃昏將來臨時就快步先走了?!

我倆要共同分享的回憶是那麼多，你怎麼忍心讓我自己來負荷?!

自你走後，濃郁的親情，溫暖的友情，源源的關愛，使我和孩子在最哀痛的時刻得到無限的慰藉；我深信你在天之靈比我更清楚；且讓我們深深地感謝他們，祝福他們。

過去，熱心的朋友要為你出版自選集，你總是含笑著說成熟滿意的作品還未出現；而今，我們的文友和親人，還是要為你出版專集；只可惜你走得太快——還未把最得意的作品留下就上道了！

　　近年來，你雖然沒有再從事純文藝的寫作，但一直沒有辜負上天賦你的妙筆；你白天的黨務，夜間的報務……使你生活得繁忙而充實。

　　你常自嘲是天生的「勞碌命」。不慣坐享清福。在文藝工作的土地上，你只顧默默地耕耘了四十多年，從來不問收穫。

　　你平素自甘澹泊，一直保持著自尊和正直的襟懷。在別人心目中，你也許是個不拘言笑，趨於保守，比較內向的人；但在家，你的幽默開朗，妙語如珠，常常便飯廳洋溢著歡悅和笑聲。

　　有人說愛是不必說再見；你沒有揮手道別，因為這不是永訣。我和孩子們都一直覺得在精神上你是和我們長相左右。我夜夜在夢中期待你的歸來；願你夜夜來入夢，至少可以長駐在我思念你的潛意識世界中。

　　在你的世界，你不再有無奈的鄉愁；也沒有隔代的煩憂。而今，那「禾山蒼蒼，鷺水泱泱，這兒時遊樂之場，那濱海魚水之鄉……」，不再是只能勾回你當時的旅人幽夢，而今，你將翱翔在那蒼茫的雲頭，這回的「尋夢」，你將不會迷失來路！

　　你知道在人生的旅途上，從事文藝的道路是艱苦、漫長而寂寞的。你曾經對欽羨你的友人說過「且別為我慶賀這末世的虛名，漫漫長夜有人陪我受苦。」在漫漫的長夜，我真甘心情願陪你「受苦」；然而和你長相廝守三十多年，這段只有充滿著愛與被愛，刻骨銘心，無風無雨的美好歲月，就足夠我回味咀嚼終生。

你是我心靈深處的長春樹——萬年青——為我永遠留住美好的春天。

原載環球日報（一九八七年八月）

轉載於「菲華詩人芥子先生專輯」

（亞華作家協會會刊1990年）

浩氣歸千古　丹心昭太虛

無我

　　剛從南部回來，李孫帆兄來訪，談及許芥子先生已西歸，驚愕之至：「不會吧！聽誰說的？會不會錯？」「上星期金蓮來說的。」「金蓮呢？」「回菲啦。」「什麼病？」「不大清楚，聽說是肝病，中央日報也有登載。」

　　聽此消息後，心意浮，不能安，中午到「國萱大飯店」，欲借閱菲國華文報，「國萱」改組後，沒訂菲國華文報。搖電話到「五更鼓」向許露麟先生查問，雖找不到報紙，但證實看到消息。嗟哉！芥子兄！真的走了！菲華文壇，從此又失一枝狐董正義之筆，傷心哉！天何乃爾，妒手奪賢！君走了，社會失一才人，國家減一鬥士，教人如何不感傷呢！

　　芥子先生，原名榮均，字浩然，為革命先烈許卓然的堂弟。成名在四十年前，文聯時代詩與杜若、本予齊名，縱橫僑界文壇，為一代文豪，品德兼優，修齊雙俱。雖非深交，其正氣為人，令人敬佩，砥柱負松，亮節冰清，不爭名，不謀權，不阿不激，無私無偏，盡職守己。聞君臨走前夕，尚往報社工作，隔日身體發熱，支援不住，才入病院，在這短短的幾個鍾點，離開人

世，放棄妻兒、親友，一切不留戀，不回顧，急往天堂……嗚呼！芥子兄，你走得太急了！何故呢？

在吾編「晨光」版時，每星期六夜，到編輯部校稿，兄時常關心的探問、勸勉並讚許這份傻勁。月前，我在自由大廈，見君埋頭工作，神情黯淡，身體消瘦，瑞萍趨前問候，兄還說沒有什麼事。是不願說，抑不願人知，還是真的不知有病魔纏身，何以沒有異樣感覺呢？

記得某文藝版復刊後，在覓尋適當領導人選時，余曾提及如兄肯分擔支持，則為文藝社之福，因有多方顧慮，此話只成虛話。假如知道免填表格，免順章選，可以任意列名排名，則以君之聲望，此社之名，不致一落二墜三下降。嗚呼！

我垂淚哭君，亦為文藝而哀傷！

廿四日應「中國文藝協會」之邀，參加「文友聯誼晚會」，郭值年常務理理嗣汾，以沉重的口氣說：「許芥子先生去了……」宋秘書長膺，也歎息沉痛地說：「為什麼，近年這麼多人走了……」，晚會，並特別選唱「岷江夜曲」以懷舊友。瑞萍在熱情洋溢的歌聲中，感情衝擊下滴下眼淚。「何家女，唱首悲歌，隨著晚風處處送……」悲歌、吉他、琴音、在懷人思舊的吟唱中，嚴肅的音符，化成濃煙，侵入眼簾，迫出淚珠，想，眼珠涵光，必有人矣！

芥子兄！中國文藝協會，很多老友，念君、憶君、為君傷！

為君惜！未知君知否？

以此觀之，文藝界，著重文格品德，並非掛個空銜、招搖撞騙，欲欺瞞天下文人的眼光，談何容易，還是以君的穩重，遠洋

隔海，同樣有人敬重。

芥子兄！我為你驕傲，盼今後文人，學你風格，以革除文風之弊……

以今之定論，兄自抗日地下工作，遊擊生活，及文聯，推動文運，至今一世為人，忠貞不二，默默苦幹。不炫耀居功，不為名計位，先生今已「全忠全節而歸」，不負社會，不負國家，不愧志士家風，只苦了妻女子媳，數十年伴侶，一旦分袂長別，能不哀痛乎！

但願嫂夫人李惠秀文姊，能節哀順變，接受天意無情的打擊，振作意志，負責任，開覺路，教子女，繼承父志，握椽筆重振文風，以慰在天之靈。先生有知，當欣笑於天堂矣！

謹書一聯為悼：

　　許榮均（芥子）先生千古
　　榮登極樂，道德於今尚在；
　　均贊天堂，文章終古長留。

　　　　　　　　　　轉載於「菲華詩人芥子先生專輯」
　　　　　　　　　　　　（亞華作家協會會刊1990年）

我所認識的芥子

陳齊治

　　和芥子兄同事多年，他給予我的感覺是：一個學識修養都臻
於一流的長者。和他相處，使人輕易產生如沐春風的感覺。

　　在和他共事的這麼多年，我從來沒有看到他和別人爭論或爭
吵，我對他的個性和涵養，真正佩服得無話可說；當時就曾公開
宣揚，並開玩笑似的稱呼他為「橡皮人」。像他這樣完全沒有脾
氣的人，照理應該是長壽的象徵，令人想不到的是：他卻比我們
這些為了蒜皮的小事就爭得面紅耳赤的人，還先走一步！

　　在我還穿短褲上學的時候，芥子兄已在文壇中放出異彩，
成為菲華新詩壇的泰斗人物。我自己的血液中雖然缺乏文藝的細
胞，但平日對文藝卻有一份熱愛，對他的新詩作品，捧誦不忍釋
手。可惜，近幾年來，因為時局的影響及工作上的吃重，他的作
品已經少見，這是菲華文藝愛好者的一項大損失。

　　在生活上，芥子兄除了喜歡喝兩杯外別無其他嗜好。平時他
的生活非常儉樸，除了上下班很少能夠在外間看到他，是一個標
準的住家男人。和我們這些臭記者出身的窮極惡形象大不一樣；
有時故意挑逗他，希望他能夠和我們同流合汙一番，對外面的花

花世界中去滾一滾，但總被他拒絕。最初我們認為他有點食古不化，後來眼見他獨得其樂的陶然模樣，對他私生活的嚴謹，也由衷的欽敬。

平時，他大部分時間生活在獨有的內心世界中，每天講話的次數大概數也數得過來，但這種現象並不代表他不善言詞，有時話匣子打開以後，他比任何人的話都要多。而且見解獨到，不同流俗，這一點足以說明他是不鳴則已，一鳴驚人。

對文化事業，他有過人的熱愛，雖然同樣在報界工作，但其他人都有過短期或長期脫離的紀錄，只有他始終如一緊守崗位，默默地埋頭苦幹，辛勤耕耘，即使自己沒有多餘時間從事創作，但他對後進者盡力鼓勵、栽培，為菲華文壇的勃興克盡心力。

在逝世前兩天，他還到報社探班，由於忙著工作，我沒有機會和他深談，想不到兩天後就突然接到噩耗，對我作說，是非常意外的意外。他的去逝，我自己固然失去一位良師益友，但菲華文壇的損失更大，值得文藝愛好者因失去一位巨匠而同聲惋息！

轉載於「菲華詩人芥子先生專輯」

（亞華作家協會會刊一九九〇年）

吾道漸消沉
——又哭許芥子若弟

伯谷

　　兩年前，我哭國棟（一九八五年二月三日），再哭秀報（同年九月十五日）；今年七月二日蔡景福病逝臺北，我已是老淚枯槁欲哭無淚了！今天（八月十一日）許芥子又一聲不響地走了，對我、對愛他敬他的所有親友，甚至對整個菲華文壇都是青天一聲霹靂！實在無法令人接受！不，這不是事實，這是不可能的，只是誤傳訛報，我不相信，絕對不相信！

　　上星期五（七日）下午四時許，在自由大廈五樓辦公廳，芥子還親口向我拉稿，說是惠秀弟婦新近接編環球日報「文藝沙龍」副刊，要我全力支持，我當時立即滿口答應，回家後，漏夜趕寫了一篇「龍之來龍」約二千五百字的文章（該文將改在「翠亨村」第八期刊出，今天下午三時許，我親自帶稿到「文總」辦公廳，打算面交芥子轉給惠秀，想不到五樓辦公廳的人個個神情有異，然後異口同聲告訴我，芥子已於今天上午九時半，病逝崇基醫院。天啊！難道這真是事實嗎？這事實太慘酷了！太突然了！我不能接受，絕對無法接受啊！

　　正是：「朋輩半為鬼，吾道漸消沉。」我的心好痛呀！真的肝腸寸斷呀！在短短兩年多的時光中；上蒼何其不仁？先後奪走了我的四個「若弟」——王國棟、蔡秀報、蔡景福、許芥子，他們一個接一個魚貫地走了，走到另外一個世界去！據說那兒是極樂世界，極好的所在，就是靈魂的祖家。在那處極光亮，無各樣的災害，極快樂到永遠都無替！是耶？非耶？

　　你們四個中哪一個可以告訴我？記得芥子和我相交，是在一九五一年「文聯」（菲律賓文藝工作者聯合會的簡稱）成立時，由柯叔寶兄介紹認識，當時你可是英姿煥發的少年家。你我自然是一見如故、相見恨晚；自此後我又回到南島僑校教書，天各一方，見面的機會不多，接觸也很少，直到三十五年（一九六三）前，我棄教從商，搬到岷市長住，又常進出「自由大廈」，才有較多接觸機會和進一步的瞭解，不過你我始終保持「君子之敍」的性格，又有共同的愛好和理想，兩個人的共通點，加起來就變成相濡以沫、相得益彰了。

　　當菲國「軍統」期間，菲華文壇一片蒼白荒蕪，而我對文藝創作幾乎失去了信心和興趣，好想從此擱筆絕寫，因為寫了也無處可投！是你，是芥子，大約是在一九六八年的八月間，你發出了「聯合日報」最搶眼的版位（那時各報社還沒有文藝副刊），發表了我的「海天三唱」長詩一首（分三次刊完）；是你，是芥子，當我跑得心疲力竭快要跌倒的當兒，你及時扶了我一把，又苦口婆心地一再鞭策我，鼓勵我，要我不要氣餒，不要停頓，往前直跑！使我才有足夠的勇氣，繼續向前奔跑！說你是我的知交、益友；不如說你是我的良師、好夥伴呵！

　　此刻夜已深，我獨坐在燈下，噙著眼淚，忍著鼻酸，寫寫停停，思思想想，一會兒想到你的音容笑貌，一會兒又想到你的溫文儒雅，再想到杜甫夢李白的詩句：「冠蓋滿京華，斯人獨憔悴。」芥子，你是菲華名詩人，詩人是寂寞的，千古詩人都是寂寞的，你又如何可以例外。夜已深，更將盡，思想起故舊半為鬼，朋輩多入道山，道山是否寂寞？你可否今夜在夢中告訴我？

（一九八七年八月十一日深夜於已石社）

轉載於「菲華詩人芥子先生專輯」

（亞華作家協會會刊一九九〇年）

芥子兄的情與愛

王偉珍

　　我與芥子兄初識於一九八六年三月間，那是我剛進入菲華文壇總會工作之時。我們二張辦公桌並列在一起，他了解我耳朵受傷重聽不喜歡多講話，每次要跟我交談，都不厭其煩地將話題發成「白紙寫黑字」，一來一往。我們討論國家大事、世界情勢，以及人生際遇，也曾笑談社會百態，人性險惡。我們傾心吐露、質疑問題，真是志同道合。在那段日子，讓我受益匪淺，也深深地解他是一位正誼明道的真君子。他浩然正氣，他厭透這功利社會，因此他封筆自閉，由燦爛走入平靜。除了安份守法，故步自封，忠於職責外，他淡泊明志，無怨無私，守正不阿；他不喜歡趨炎附勢，也不愛管閑事，潔身自愛，以誠待人，以德律己。他勸勉我：「直躬不畏人忌，無惡不懼人毀，山高水長，千秋定論。」

　　我與芥子兄相處時間雖然很短，寫不出什麼深度的東西來，但是我要告訴大家有關他為人的另一面，雖然那是極其「渺小」，極「不起眼」的小事，卻能證明他的婚姻生活是何等恩愛情深。文經總會免費提供員工們的午餐，論品質、論情調、樣樣周到。開飯時，大夥兒情同家人，好不熱鬧。

　　只有芥子兄一個人不參加，卻風雨無阻，過時不誤地天天趕回家吃午餐。為何？是他家富有，吃不慣公家飯？是他偏食？

　　是……一團疑問，久久埋在心底。有一天，許夫人來到本會中正廳參加菲華文藝界會議，一經介紹，我的疑團頓釋。一眼望去就會令人起敬的教育家風範，對人親切慈藹，和平謙沖，一點都沒有恃才傲慢的不良習性，如此美滿幸福的伉儷，難得芥子兄體貼入微，每天都要趕回去陪伴夫人的午餐。而今再拜讀她悼念其先夫的文章，兩相對照，也令人不能不承認，真摯的情愛，是要在其「極渺小」及「極不起眼」的長遠中才能發現出來。而最渺小及最不起眼的人與事，只要有真情貫注其間，必然會變成為最甜美，最可愛的回憶。是以人世間的情與愛，除了父母與子女外，這有什麼能比得上夫婦間真正誠實的愛情。因此我說：「人生似過客，芥子兄這一趟人生歷程是夠幸福的，也活得夠滿足了。」

　　除了愛情，我還要再談一談芥子兄伉儷對我的一份情份：記得去年某日，我要返回臺灣省親，臨別時給他電話告別。想不到在臨上飛機的片刻，芥子嫂氣吁吁地帶了一大包菲律賓特產，趕到機場去為我送別，那是我們認識後的第一次再見面，友情萬歲，真讓我感激無涯。

　　衷心相愛的夫婦，只要能牢牢地記起生命中任何一件渺小而不起眼的恩愛情懷，直到永遠、永遠。縱然不能廝守一輩子，也已不負此生了。芥子兄用心良苦，芥子嫂哀悼情深，人世間還有比這對夫婦更恩愛的嗎？

人生自古誰無死，留取典範照後人。芥子兄：安息吧！

　　　　　轉載於「菲華詩人芥子先生專輯」

　　　　　（亞華作家協會會刊一九九〇年）

平凡中見偉大
——悼念師丈許芥子先生

莊杰森

八月，天氣變幻無常，幾天來常是一陣悶熱，然後又是一陣風雨。

十一日午間，林忠民先生的一通電話，驚悉芥子師丈逝世的噩耗。室內的沉悶氣氛驟加，心不由得不泛起一種慘然而又若有所失的複雜感覺。

萬萬想不到芥子師丈會這麼快地離去，他平日身體還算硬朗，並無不適的感覺。雖然最後一兩個月以來，他是瘦了，但是，對一個中年人來說，瘦了些兒並無礙事啊！

芥子師丈的大名我雖仰慕已久，但我與他第一次見面，是於民國七十一年三月在文總辦事處，當時我剛進報館工作，經友人介紹，始獲知他是吾師李惠秀女士的丈夫。他那健穩身材，甚有深度的談吐，給我留下深刻的印象。

那天，我們談得很多，很暢快。暢談中，我體會到他對寫作的熱誠執著，對文學也有別具見地的言論。尤其難得的，是他當時已有很多美好的作品問世，但他總是以非常謙沖的口吻，回答

我對寫作所提出的諸般問題。

芥子師丈是位恂恂儒者，說話輕聲細氣，與之交，如飲醇酒，使人有即之也溫的感覺。他的文章，一如其人，文句流暢而態度嚴謹，早年許多作品，曾被國內收入名家年度詩選。

芥子師丈雖然文名早著，但因為人耿介，生活樸實；文人命蹇，大多類此。他從未以窮困為念，每有文酒之會，他也總是笑顏逐開；工作的時候，總是一心專注，精神奕奕，忠誠對人，與世無爭；其修養工夫，真是高人一等。

芥子師丈酒下肚後，對世事觀察入微。他對於飲酒，也有特別的看法。他曾說：「如薄飲至適可而止，智力以酒力而昇華，是人勝酒；若縱飲而醉，神志昏然，言行皆為酒所役使，是酒勝人。控制酒者自勝，被酒控制者，雖由好勝，然終自敗矣。」

一位成名的作家很可能會擁有很多的讀者，但是確實「值得」人去喜歡的真是不多，而師丈是那少有之一人。他的文格與人格是一致的，他的幽默風趣間或帶著嘲諷，有著一種「錦繡胸懷冷面孔」的味道，他深切明白「小襟人物」的悲哀，卻絕不肯縱容「懷才不遇」的自憐。聯合日報總編輯施穎洲先生說他是「菲華社會一個偉人」，詩人無我先生稱他「為一代文豪，品德兼優，修齊雙俱」，環球日報總編輯陳齊治先生說他「是一個學識修養都臻於一流的長者」凡此種種，皆形容得再恰當沒有了。

芥子師丈後期文章寫得雖然不多，可是真有「大家」風範，大概就跟他那「海的抒情」的學養有關吧！

三十多年來，芥子師丈就是這樣的朝朝暮暮，周而復始，堅守在他熱愛的工作崗位上，奉獻出智慧的心血和腦汁，以至積勞

成疾。他一生為黨務及報刊編務鞠躬盡瘁的赤忱忠誠，實實在在的令人感動。

　　中國有一句古語：「平凡中見偉大。」我用此句古語來結束我的追思。許芥子是一位「平凡的」人，他曾為菲華社會鞠躬盡瘁，並留下不少貢獻。他的軀體生命雖已辭離人世，但他的「愛國愛黨」及「愛好文藝」的精神生命，將永遠活在我們的心坎裡。

轉載於「菲華詩人芥子先生專輯」
（亞華作家協會會刊一九九〇年）

安慰李惠秀文姊

杜瑞萍

　　雨打芭蕉心上碎
　　風彈椰葉夢中驚

　　愛月愁雲遮，愛書畏蠹魚，愛花怕狂風，懼暴雨，愛丈夫，憂康健，悲老病，驚其……風險，這是多愁的女人的天賦。特別是生在五十餘年前的女性。——我們這一輩。

　　夫也，扶也，負也，扶老扶幼，負也，負起家庭責任，負起人生命運的安排。妻也，齊也，提也，齊老齊幼，齊親齊鄰。

　　提也，提起家庭事務，提起生男育女，提起傳宗教子，敬長敬夫……。夫妻的百年，如果能這樣和諧相處一生，相養以待天年，算是幸福的伴侶！

　　夫婦本是同林鳥——劫數來時，也難逃別離之苦，鴛鴦繾綣相守，也有分散之悲！芥子一生，樂天知命，淡薄自持，有「天地與我並生」之名句，人之云亡，天意也，非人力所能及。欲教其不哀，並非常人能做得到的，但應思之，既為天意，悲哀有損

其身，加添兒女精神負擔，今後家庭事務，子女幸福，一身兩職，該振作自己，自勉自勵的去承受這無情的打擊，天意既然如此，不接受也須接受，天無情，天若有情應庇佑，神無情，神若有情該救生，人無情！人若有情何早行！嗚呼！

惠秀姊，鼓起勇氣！收藏悲哀，這是人生的過程，須知人如不自站好，無人肯扶您站穩，天不可靠，神不可靠，一切靠自己……。

禪偈曰「不見一法存無見，大似浮雲遮日面；不知一法守空如，還如太虛生閃電。此去知覺自然見，莫認何曾解方便？汝當一念知是非，自己靈光自顯現。」

惠秀文姊，自小愛嗜文學，數十年與文教為生，與其夫婿，許浩然（芥子）先生，以翰墨為伍，今不幸失卻愛伴，哀傷難免。吾自恨小少失學，口才又差，無文，無言，可慰惠秀文姊，以解心頭憂鬱之苦，實為難安，今亂書數語，聊表敬意，願節哀以定其心，或可慰，可安芥子老先生在天之靈！

轉載於「菲華詩人芥子先生專輯」
（亞華作家協會會刊一九九〇年）

豆子的話

曾文明

認識許先生是在十年前吧。

那時候我還在中正念中學四年級，李老師是我的國文老師，在菲律濱，中文是一個冷門科目。大部份的同學是因為需要念而念；而我，是因為喜歡念而念。當時，甚至希望中學畢業後能夠到臺灣去念中國文學系。這一切大都是歸於李老師與許先生的影響。

離開母校，踏進菲大，本以為對中文的熱愛會因為環境而逐漸冷卻。然而，我的精神糧食卻未曾斷過來源。不管是在街頭或在任何一個場合，李老師看到我總是鼓勵我多看多寫，還叫我有空的時候去一趟自由大廈……而我每次踏出許先生的辦公室，總會「滿載而歸」。

於是，「海外」、「光華」、「中央」……等雜誌讓我在一個以英文為主的大學，依舊培養一些中文細胞；讓我在背生物名稱之餘，想透透氣的時候；有一口新鮮空氣讓我呼吸。

於是，這枝禿筆也未曾真正停動過。從曉藍到小藍，雖然不是一些什麼大文章，但畢竟曾給我帶來不少歡樂及信心。「許先

生走了！」——這句話是去年八月在臺北聽到的。

在我離開馬尼拉的前一天，為了請教一些問題，去了一趟自由大廈。那時候，許先生坐在沙發上，不停地咳嗽。問他是不是去看過醫生；他說看過，沒事，沒事。

一個禮拜後，我卻在驚訝中接受這一個哀傷的事實——許先生走了！

或許我們的一生如一場雨，如果我們能夠讓一些豆子慢慢發芽、成長，這一生是值得的。

謝謝許先生給我這麼一場甘雨！

一九八八年八月四日馬尼拉

轉載於「菲華詩人芥子先生專輯」

（亞華作家協會會刊一九九〇年）

舊夢縈迴記芥子

李惠秀

　　菲華文學第三集徵文，友好建議將前年發表於聯合報「晨光」週刊的那篇紀念先夫芥子的文章整理重登，讓他的生平事蹟，得在菲華文藝園地上留下雪泥鴻爪，以資緬懷。

　　早於一九八五年，菲華文藝協會曾計劃為會員出版專集，決定最先著手的是芥子的作品。當時他推說自己寫的東西未夠成熟，滿意的作品尚未發表……因此，這事就在無形中擱延了下來。直到他辭世之後，文協仍好意要為他出書；而他的妹倩黃根本與胞妹許敏慧伉儷亦熱心要替他出版作品全集，但皆因尚有部分資料未搜集齊全而至今未能面世。

　　芥子姓許名榮均、號浩然，原籍福建晉江，是革命先烈許卓然將軍及廈門江聲報社長許榮智的堂弟，一九一九年八月七日出生於南中國的「海上公園」廈門鼓浪嶼，兩歲偕姐許貞治隨雙親許宗煥公與蔡氏夫人來菲居住DAGUPAN市。髫齡回國就讀教會名校英華書院。第二次世界大戰前返菲，淪陷時期與柯叔寶主編「大漢魂」，光復後，倆人又合編大中華日報長城副刊，組織文藝團體「默社」，出版菲華第一本文藝選集「鈎

夢集」。一九五一年，菲華文藝工作者聯合會成立，被選為常務理事。

聯合日報總編輯施穎洲於行述中說：「芥子先生是三方面的傑出工作者，除了文藝工作外，他是傑出的社會工作者，忠貞的中國國民黨黨員，替黨做了四十年工作，他最後的崗位是菲華文經總會辦公廳秘書。」

芥子也是一個傑出的新聞工作者，畫家王禮溥介紹他早期的成就說：「許芥子於日寇竊據菲律濱時期與柯叔寶同為抗日義勇軍成員、負責《大漢魂》編務。光復後，縱橫菲華文壇，他的新詩，洋溢著濃郁的音樂性，表現著獨特的天賦魅力。五十年代任職「大中華日報」撰寫「自由談」與「子不語」專欄。平素沉靜寡言，是一位默默耕耘的典型人物，領導「文聯」工作，他卻表現著堅忍的毅力。

如果說，詩如其人，氣質決定風格，芥子性格內傾，是以形成婉約的詩風。」

談到詩風，詩人本予在「稜稜峰石——悼念杜若、芥子和亞薇」文中也說：「芥子的感情是較為細膩含蓄的，他少在詩中運用豪放的手法，但這並不意味愛國心落於他人之後，試看他的《故國夢重歸》一詩，便可見其詩之深遠，超乎他自己的時代。」

大中華日報時期老同事，現任環球日報總主筆陳齊治在悼念芥子提到：「平時，他大部份時間生活在獨有的內心世界中，但這種現象並不代表他不善言詞，有時話匣打開以後，他比任何人的話都要多，而且見解獨到，不同流俗。」

　　對於文化事業，他有過人的熱愛，他始終如一堅守崗位，即使自己沒有多餘的時間從事創作，但他對後者盡心鼓勵，栽培，為菲華文壇的勃興克盡心力。」

　　「玫瑰與坦克」（菲華詩卷）主編臺北女詩人張香華介紹芥子說：「歷經二次大戰侵略者鐵蹄的踐踏，他的詩比起後起一輩詩人，心情多了一份悾忽，感情則更富一份纏綿，綺麗的筆調和深邃的哲思，隱約從他的詩中透出，而以「芥子」為筆名的寄意，讓人辨識他的為人。

　　他的筆調除了用於寫詩，還擅於縱論國事，當過社論主筆，他寫作的領域遼闊、新詩之外，散文、小說、戲劇、雜文都是他馳騁的草原。現任聯合日報國際新聞編輯，也是一種跨國性的文字傳播。

　　專欄作家龍傳仁在「文星殞落」一文中說：「菲華如有文學史，芥子以他的新詩，便占重要的地位，芥子寫出菲華作品中少數不曾受時光淘汰的詩。論一個作家的地位，應以其作品而定，以此，芥子是無疑問的菲華最偉大的作家之一。」

　　有人說，寫詩的人，不會做生意，以這句話形容芥子，確實非常恰當，他在人生舞臺上，數十年如一日，始終扮演著報人與社會工作者的角色。將近半世紀的時間從事文藝創作，迄今沒有結集問世，他的作品只散見台菲報章雜誌，其中有不少被收於海內外文藝選集，如：「鉤夢集」、「海」、「菲律濱的一日」，「菲律濱華僑新詩選集」、「菲律濱華僑散文集」、「菲華小說選」、「菲華散文選」、「文藝橋」、「六十年詩歌選」、「玫瑰與坦克」、「菲華文學」等。

芥子熱愛音樂，他的新詩譜上樂章最早發表過的有「年青的神」（是送給我的定情禮物），施養安作曲，名歌唱家佟鋼獨唱，灌成唱片。「黃昏之歌」、張貽泉作曲，女高音陳真美於個人獨唱會演唱。「亞加舍樹下」，歐陽飛鶯作曲，一九八八年文藝節晚會楊少森獨唱。

另抒情詩「獻」經菲華大作曲家黃槙茂譜曲，再由名小說家施約翰英譯；此詩係芥子六十年代早期之題畫詩自英國大畫家SIR THOMAS LAWRENCE之傑作「PINKIE」啟發靈感的寄情詩，感情細膩，含蓄自然。

該曲旋律慢美，充滿感性，反覆的結構與樂句，強調詩人愛情的真摯；流暢的伴奏，亦簡潔生動，貼切清雅。

「獻」本為獨唱曲，一九八九年八月中旬由菲華男高音楊少森演唱，音樂家史美海鋼琴伴奏，錄音分別於菲華正義之聲與華聲二大廣播電臺播放，頗受歡迎，並循聽眾請求重播。

後應愛樂者之請，再由原作曲家黃槙茂好意增編為四部合唱曲，於一九九零年六月由馬尼剌愛國校友合唱團首次演唱，特請僑界名音樂家孔國指揮，柯美琪伴奏，正可謂系菲華樂壇難得之「大合作」的創舉。

當晚演唱時，先由男低音伍瑞明朗誦，加以西洋笛及鋼琴伴奏，導入四部大合唱，增濃了羅曼蒂克的情調。

很感謝馬尼剌愛國校友會合唱團特別安排「獻」為慶祝校慶音樂晚會曲目，讓先夫芥子的詩情能再度復活，化為美好的樂韻，乘著歌聲的翅膀，隨著「星夜的迴響」，自由歡愉，翱翔臺上。

　　芥子另一題畫小詩「孤帆」，亦經他生前好友譯詩健筆施約翰君傳神的英譯，洋溢著神秘的玄思與音樂性；此詩又蒙菲華旅英青年天才作曲家祖欣（JEFFREY CHING），雅愛，特為譜曲，將於近月完成，筆者謹向施、二君致深切的謝忱。

　　芥子常以菲華文壇未能積極培養接棒人為念，但近年來欣見不少新銳閃耀光芒，不少文藝團體也注入新血，增強活力，這使他對菲華文運的前途充滿了信心與希望。

　　芥子的人生觀是積極的，在給一位青年人的信上，他說：「人生是苦樂參半，苦與樂也是相對的，年輕的人，切忌消極，光明的前途是自己創造出來的，每個人都有同樣的機會。」然而，人生的際遇，有時和理想抱負總會有一大段的距離，芥子在他的作品中，也表達了這種意念。

　　中央駐菲特派員方鵬程於「春也去──懷念芥子」，文中談芥子的「無題」說：

　　芥子的「無題」，可以體會他在少年時代曾有遠大的理想，然而，人生的際遇使人浮沉不定，別提年輕時的壯志了。

　　邯鄲逆旅何來盛世豪華，辛酸歲月與慷慨悲歡盡入壺中，他擁有自己的天地和自己的夢。

　　正如文壇新銳柬木星所感喟的：「這時代做一位文人是一種悲劇，尤其是不善鑽營，常持赤子之心的文人更甚。繆思似乎在開詩人的玩笑，給了他看穿世俗的慧眼，卻不予詩人具有改變現實的能力，或許真、善、美的境界是用一顆血淋淋的赤心來體驗吧？」

　　記得一九七八年第二屆亞洲烈山五姓宗親會在馬尼拉召開，芥子被委為大會紀念刊主編，在百忙中他毅然負起艱巨的任務，

每日晚餐後心力俱疲，仍振作精神，在燈下孜孜不倦地整理資料，撰寫文稿，終於完成了美觀大方，內容充實，厚達一寸的巨型紀念特刊。

一九八五年十二月，第二屆亞洲華文作家會議在馬尼拉舉行，芥子亦應邀出席參加，於會中他和我連署提出了兩項臨時動議：

一、灌制富有文學教育價值之「亞華作家之聲」錄音帶、錄影帶或唱片，推廣流傳於各地區，以促進文藝交流。

二、配合每年「五四」文藝節，各地區文藝團體聯合當地華文學校舉辦亞華文藝活動。以上兩項臨時動議，雖獲大會通過，可惜至今仍未見施行。

芥子一生忠黨愛國，自從十餘年前服務「文總」以來，憂時憂國的情懷更濃了，記得有一個晚上，他在睡夢中向故總統蔣經國先生慷慨陳詞，把我從酣睡裏吵醒過來，當晚我倆都為了多難的祖國和僑社的前途唏噓歎息，久久不能重回夢鄉。

近年來他經常咳嗽，身體逐漸消瘦，目力日退，有患白內障症象，受到精力及體力限制，因此，形成精神上的苦悶。

我和孩子們都勸他暫時請假休養，他都以體力尚好而堅決推辭。後來腹部漸感不適，經超聲波掃描及電腦斷層檢查結果，證實是肝臟發生毛病，我和孩子們又苦勸他不如先停下一方面的工作，以減輕身體及精神負擔，但他仍不同意，還很認真的說：「白天我為黨國出力，晚上為報社服務！這是我的天職和志趣。」他就這樣固執地一直忠守在這兩個崗位上。

一九八七年八月八日「爸爸節」，他像往年一樣高高興興地享受孩子們為他安排的慶祝節目，孰料次日突高燒、尿道不通，

入院醫治。後來更由肝疾引起急性併發症，三位醫師搶救無效，至十一日上午九時半與世長辭，當日本是天氣晴朗，下午竟突然來了一陣大風雨，似乎應了他在無題中「從北到南，從南到北，破舊的地圖中流轉，可憐有如朝聖的行腳僧，來時風沙，去時一身雨雪」的讖語。

傳統詩人無我於悼文中說芥子：「其正氣為人，令人敬佩，砥柱負松，亮節冰清，不爭名，不謀權，不阿不激，無私無偏，盡職守己。」

在人世間，芥子可說並沒有白走這一趟，只是，他去得太快，去得教人好不甘心，他沒有帶走末世的虛名和浮華，卻留下給孩子和我無盡的愛。他平素自甘澹泊，始終保持自尊和正直的襟懷。在別人心目中，他也許是個不拘言笑，趨於保守的人，但在家，他的幽默開朗，妙語如珠，加上如數家珍的故事軼聞，風趣滑稽的社會百態，常常使餐廳洋溢著歡悅的笑語。

芥子對妻兒寵愛而體貼。在有限的經濟能力下，他要讓我和孩子過著豐富的精神生活。他覺得金錢不能滿足人生的一切，更無法解決所有問題，只有愛，可以為家庭帶來真正的快樂和幸福，為了成全孩子們的願望，讓他們有機會投入祖國溫暖的懷抱，接受中華文化薰陶，他盡量籌措安排，在嫻兒、衡兒和禎兒大學畢業時，使三姐弟參加菲華青年回國觀摩團，前年元旦，我們全家大小到一舒適的餐廳享用了一頓豐盛的中式午餐，他特別為我向菲鋼琴師點了我很愛聽的英國民謠和我國的愛國歌曲「梅花」。現在，當我含淚寫此文的時候，他的音

容笑貌彷彿又緊緊地隨著琴韻蕩在腦海裡。芥子純情而多情，不過他的愛是含蓄的，不善於在人前表露。

一九八八年，在他和我永別後的第一個情人節，我捧著和他相愛三十多年所珍藏的情人節卡片，默默地反覆低吟著情意綿綿的詩句，依稀又看到他含情脈脈的眼神，聽到他熱情真摯的心聲，那飄逸的手澤，摸來好似尚有餘溫，一張張經過他細心挑選精緻典雅的「愛的小簡」，就像一顆顆晶瑩珍貴愛情的珠環，讓我以串串的淚水，連成刻骨銘心的相思。

他曾經對我說過，在人生的旅途上，從事文藝的道路是艱苦漫長而寂寞的，而且告訴羨慕他的友人，「且別為我慶賀這末世的虛名，漫漫長夜有人陪我受苦。」

在漫漫的長夜，我真甘心情願陪他受苦，然而自從一九五六年跟他長相廝守，這段只有充滿著愛與被愛無風無雨的美好歲月，就足夠我終身回味咀嚼。

和他結伴相依同行這三十多個年頭，他的寵愛，他的體貼、他的關切、他的指引，使我深深地感到，他是我終身的良伴，有時又如兄如師如友。他使我慢慢地體會真愛的意義。所以當我有一次有在美菲音樂廳聽到臺北婦女寫作協會文友合唱團在合唱「愛的真諦」時，我又深深地憶念起他。

我在台前默默地淌著眼淚、聽著、聽著文友們和諧莊嚴的歌聲為我傾訴心中的感受！

「愛是恒久忍耐，又有恩慈，愛是不嫉妒，愛是不自、不張狂、不做害羞的事、不求自己的益處，不輕易發怒、不

　　計較人家的惡、不喜歡不義，只喜歡真理。凡事包容，凡
　　事相信：凡事忍耐，愛是永不止息」

　　我一直在暗中難過，然而，心卻循環著一股愛的暖流——有
他永遠長駐在心頭——我是多麼的幸福，我曾經真的擁有過這樣
純潔而永不止息的愛。

　　　　　　菲華文學（三）轉載自一九九〇年晨光文藝副刊

第八輯

附錄

作曲家莊祖欣（JEFFREY CHING）

　　莊祖欣教授為莊長江級友及唐碧華校友之公子。

　　莊君才華橫溢，音樂天賦頗高，其樂作多以西洋作曲技巧，融和中華文化菁華的神韻，極其獨特。作品曾於北京、上海、廈門、漢城、吉隆玻、倫敦及柏林等名城演奏，皆獲好評，享譽國際，且學術與藝術成就非凡：

　　當年於美國哈佛大學（HARVARD UNIVERSITY）攻讀學士學位，榮獲DETUR PRIZE（THE OLDEST PRIZE FOR THE HIGEST ACADEMIC EXCELENCE）。

　　榮獲哈佛大學創辦人JOHN HARVARD PRIZE。

　　以第二名修得英國劍橋大學（CAMBRIDGE UNIVERSITY）學士學位後，又獲得碩士學位。

　　於英國倫敦大學（LONDON UNIVERSITY）修得碩士學位後；現尚專攻博士學位。

　　近年榮獲菲國重要榮譽及獎項一九八八年菲律濱慶祝建國百年紀念時，為受菲律濱政府委託之五大作曲家之一；創作中西合璧的「禮儀（RITUAL）」

　　在文化中心（CCP）演奏。

　　曾獲選為菲律濱全國六大出青年（TOYM）；在總統府由ESTRADA總統頒獎。

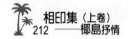
　　二〇〇三年六月榮獲第二屆扶西里薩爾出華裔（藝術、文學、文化）優越獎；由ARROYO總統頒獎。

　　　　　　　載於二〇〇三年十月菲律濱中正學院高中

　　　　　　　第十屆初中第十一屆級

　　　　　　　友總會聯誼會慶祝畢業五十年節目手冊

詩人芥子紀念特輯

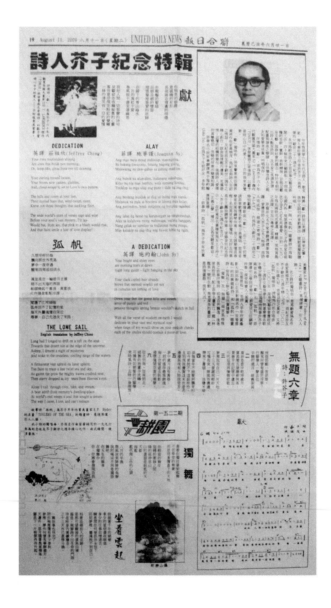

【註】

　　特由菲華名作家陳琼華〈小華〉女士主編之「耕園文藝」惠借園地發表之「詩人芥子辭世廿二週年紀念特輯」（二〇〇八／八／十一）

墨寶：林啟祥

【註】

「坐看雲起」為菲華旅美的愛荷華大學神經系主任；亦是享譽國際研腦細胞發展之權威專家、畫家、書法家及文學家林啟祥博士（Dr. Ramon Lim），於二〇一〇年自美寄贈芥子夫人的珍貴墨寶；其蒼勁之乾筆連貫書法，力透紙背，別具一格；亦散發着詩佛王維的名句：「行到水窮處，坐看雲起時」之空靈飄逸詩韻，引人遐思……。

芥子詩詞之詩情畫意

　　菲華資深作家許芥子（榮均・浩然），為菲華六十年代名詩人、散文家、報人兼社會工作者，一生效力推展菲華文藝運動。今年是詩人辭世之二十一週年紀念。

　　本刊為軫念詩人芥子生前四十餘年，為菲華文壇及社會只顧耕耘，不問收穫的苦幹、實幹、肯幹的精神，抱定獻身文藝，服務社會之職志，特於本期刊出詩人兩首詩詞，及名家之英譯、菲譯、配畫、攝影與譜曲之簡譜，以供懷念詩人之親友和愛樂者欣賞，吟唱保存。

　　抒情詩「獻」，原為芥子六十年代觀賞英國大畫家SIR T. LAWRENCE傑作「PINKIE」之寄情詩，以獻予當時心目中的愛人──亦即後來其愛妻。

　　「獻」獨唱曲，係享譽東南亞僑界資深作曲家黃楨茂，為紀念故友芥子辭世二週年之精心創作。該曲旋律輕巧優美，充滿感情；反覆的結構與樂句，強調詩人愛情的真摯懇切，流暢的伴奏，亦簡潔和諧。

　　菲華名小說家兼翻譯高手施約翰（John Sy），亦為芥子生前好友，多年前特將「獻」詩加以英譯，以神來之筆，依中文詞句的音節譯出，使能直接按譜吟唱。

　　題畫詩「獻」，亦為馳名國內外，現旅德傑出天才作曲家莊

祖欣（Jeffrey Ching）所喜愛，早於一九九〇年為該抒情詩完成精致之曲譜，並加以傳神之英譯。

去年二〇〇七年，菲文翻譯高手施華謹（Joaquin Sy），特應詩人芥子夫人之請，將「獻」譯為信、雅、達之菲文詩，為詩人芥子辭世二十週年紀念之最佳獻禮。

寄情詩「獻」獨唱曲，在十餘年前，曾請菲華青年名歌手楊少森獨唱，留美音樂家史美海鋼琴伴奏；後又請菲華樂壇長春樹胡秀珍獨唱，其好友鋼琴高手王露絲伴奏；皆錄音於紀念詩人芥子辭世週年紀念日，在前故資深名廣播家施友土主持的「正義之聲」播出，且深受聽眾歡迎，應請重播……

二〇〇三年，菲華文藝協會慶祝成立二十週年文藝晚會中，特邀樂壇高手楊少森獨唱「獻」；菲律濱中正學院音樂中心郭愛欣主任鋼琴伴奏，深受與會人士激賞；至於菲律濱華僑義勇軍同志會，於慶祝建軍五十週年紀念大會上，菲華名歌唱家胡秀珍特應邀登台，亦演唱此抒情名曲，由好友王露絲鋼琴伴奏，為全場聽眾留下極深刻的印象。

獨唱曲「獻」後經愛樂者之請，再由原作曲家黃楨茂增編為四部合唱曲：於一九九〇年由馬尼剌愛國校友合唱團在「星夜之迴響」音樂晚會首演；一九九二年在菲華文藝協會慶祝成立十週年暨職員就職典禮中，馬尼剌愛國校友會合唱團，應邀獻唱文協故理事許芥子名詩「獻」；一九九八年，菲華培青合唱團於「海華文藝季『將愛實現』音樂晚會」中，且以伴舞演唱此抒情歌曲；二〇〇四年，菲華藝宣總隊合唱團合唱詩人芥子的名詩「獻」，由僑界名指揮孔國嬿指揮，柯美琪、孔俊生及許南勝以

鋼琴、小提琴與橫笛聯合伴奏；別開生面，樂韻和諧，詩意盎然；且先後分別在美菲人壽音樂廳及自由大廈中正堂各表演一場，皆深獲與會人士好評，留下深值回味的餘韻。

「坐看雲起」，為詩人芥子早年觀賞我國馳名中外之「集錦攝影」大師郎靜山，在菲舉行影展之名作——「坐看雲起」之題影詩，亦是他工餘之藝術欣賞隨筆。

可惜當年郎靜山大師「坐看雲起」原作之複製照片，由於住所經多次遷徙至散失；後幸得僑社攝影界前輩楊輝燕與洪禮藝兩位名家，提供郎氏影作選集中之名作，俾芥子此題影詩始能與郎大師之傑作配合刊出，而相得益彰。在此，許芥子夫人特託編者藉此園地向楊、洪兩位攝影名家，謹致謝忱。

該題影詩頗有禪味，且郎靜山大師攝影中之意境飄渺空靈，應為大師遊遍中華錦繡河山所匯集精選而成的人間難得一見之虛無仙境……。

此詩作亦深為菲華樂壇泰斗黃楨茂所喜愛，早於二〇〇三年為之精編為獨唱與四部合唱歌曲；有機會將刊登歌譜予詩人芥子生前之親朋好友及愛樂者欣賞存閱。

註：載於紀念詩人芥子辭世廿一週年特刊（惠借菲華名作家兼書法家張燦昭先生主編之「晨光文藝週刊」發表。

（二〇〇八年八月十一日）

紀念詩人許芥子

正義之聲播詞曲

八月十一日（星期三）為菲華六十年代名詩人、散文家、報人兼社會工作者許芥子（榮均、浩然）辭世十七年。菲華廣播電台《正義之聲》主持人，為軫念該台前顧問許芥子畢生從事文藝及新聞工作，四十餘年來堅守崗位，只顧耕耘，不問收，抱定獻身文藝，服務社會的職志，特於今晚八時三十分至九時，播送菲華名歌手胡秀珍、林燕燕、楊少森，馬尼剌愛國學校校友合唱團，與北京中國交響樂團名男高音李初建演唱——詩人許芥子生前數首由名家黃楨茂、歐陽飛鶯、張貽泉及詩人生前好有施養安譜曲之詩作。

屆時請愛好音樂人士，準時收聽聆賞：「正義之聲」波長——DZSQ電臺——350KZAM。

一、亞加舍樹下——詩人芥子早期作品，由歌壇名媛林燕燕獨唱，留美天才音樂家史美海鋼琴伴奏，是菲華名聲樂家歐陽飛鶯早年定居菲國時，自芥子的抒情詩啟發靈感之作。歌詞淳樸，旋律活潑，很有一種民謠的情調。

二、年青的神——為詩人生前好友施養安作曲,由名歌手楊
　　少森獨唱,天才作曲家史美海伴奏。此曲旋律柔美,詞
　　意相當「羅曼蒂克」。早年曾請名聲樂家佟鋼獨唱,菲
　　大名教授REGALADO JOSE鋼琴伴奏,並特製唱片,為
　　詩人芥子獻贈其愛妻之訂情禮物。

三、獻(獨唱曲)——此抒情歌係僑界資深名作曲家黃槙茂
　　為紀念故友許芥子辭世二年之精心創作,旋律優美,充
　　滿感情,反複的結構與樂句,強調詩人愛情的真摯懇
　　切,流暢的伴奏,亦簡潔和諧。

　　　　寄情詩《獻》,原為芥子六十年代觀賞世界名畫
　　(PINKIE)即興之作,以獻予當時心目中的愛人,即後
　　來其愛妻。

　　　　此抒情歌數年前由名歌手楊少森演唱,留美音樂
　　家史美海伴奏,後又請菲華歌壇長春樹—名高音胡
　　秀珍獨唱,由其好友,藝術造詣頗深的王露絲鋼琴
　　伴奏。

　　　　西元二〇〇〇年九月,菲律濱華僑義勇軍同志會
　　總會於紀念建軍六十年暨立會五十七年慶祝大會中,
　　亦特邀胡秀珍演唱該會故許芥子同志名詩《獻》,並
　　王露絲鋼琴伴奏。去年,菲華文藝協會慶祝成立二十
　　年紀念會晚會中,亦特邀楊少森演唱該會故許芥子理
　　事名詩《獻》與《孤帆》(皆由華僑界音樂泰斗黃槙
　　茂譜曲),並請菲律濱中正學院音樂中心郭愛欣主任鋼
　　琴伴奏,每場均獲與會人士歡迎激賞。

　　菲華名小說家兼翻譯高手施約翰（JOHN SY），亦
為芥子生前好友，多年前特將《獻》詩及《年青的神》
譯為英文，以神來之筆，依中文詞句的音節譯出，便能
直接按譜吟唱。

　　此寄情詩《獻》亦為菲華旅英傑出天才作曲家莊祖
欣（JEFFREY CHING）之喜愛，早於一九九零年為此
詩及芥子另一題畫詩《孤帆》完成精緻、豪邁，異格異
趣之曲譜，並加以傳神之英譯。一九九七年，他更將此
兩首英譯抒情詩（DEDICATION與LONE SAIL）譜上
典雅流暢的樂曲。當年，著實是詩人芥子辭世十年紀念
之特別獻禮。

四、獻（合唱曲）——抒情歌《獻》本為獨唱曲，後經愛樂者
　　之請，再由作曲家黃楨茂增編為四部合唱曲，於一九九零
　　年馬尼拉愛國校友合唱團在「星夜之聲」音樂晚會首演。

　　一九九二年，在「菲華文藝協會」慶祝成立十年暨
第六屆職員就職典禮中，馬尼剌愛國校友合唱團應邀獻
唱文協故理事許芥子名詩《獻》。一九九八年，菲華培
育合唱團於海華文藝季「將愛實現」音樂晚會中，且以
伴舞演唱此抒情歌曲，別開生面，深獲佳評。每場優美
和諧，真摯熱情的歌聲，在僑界名指揮孔國巧妙嚴謹的
指揮，配著柯美琪柔美流暢的伴奏，都為與會人士留下
深值回味的餘韻。

　　今年菲華藝術宣傳總隊慶祝成立五十五年，舉辦甲
申年「歌唱舞蹈晚會」，即由藝宣隊合唱團合唱詩人芥

子的名詩《獻》，亦由孔國指揮，柯美琪、孔俊生及許南勝以鋼琴、小提琴與橫笛聯合伴奏，別開生面。樂韻和諧，詩意盎然，且先後分別在美菲音樂廳及自由大廈中正堂各表演一場，皆深受與會人士所歡迎。

五、《孤帆》——敘事詩，為芥子早年欣賞名畫家A.P. RYDER的名畫《TOILERS OF THE SEA》的題畫詩。

　　一九九六年由詩人生前好友黃楨茂配曲，為紀念詩人辭世九年的特別獻禮。曲式精簡，旋律豪放，並在二〇〇三年，與菲華文藝協會慶祝成立二十年文藝晚會中，特邀樂壇高手楊少森獨唱，菲律濱中正學院音樂中心郭愛欣主任鋼琴伴奏，深受與會各界人士激賞歡迎。

　　《孤帆》今晚將由北京中國交響樂團合唱團名男高音李初建獨唱，賈凌凌鋼琴伴奏，錄音播出。

六、黃昏之歌——是芥子於六十年代，特為僑界傑出青年作曲家張貽泉的新曲填詞的，詞意古雅，頗有宋詞韻味。

　　該曲旋律優美，曲式相當複雜。於一九六八年在美菲音樂廳第一次的發表會上，留美女高音陳真美小姐巧妙的詮釋，頗為傳神，據說詞曲的作者欣賞後，都深表滿意，這是當時菲華僑界相應中華民國「音樂年」的一次相當成功的演出。

　　這首《黃昏之歌》，亦特由中國交響樂團合唱團名男高音李初建獨唱，賈凌凌鋼琴伴奏，錄音播出，請聽眾悉心聆賞。

　　各位愛樂人士，如有意索取「正義之聲」今晚播出之詩人芥
子歌曲的詞譜，請在該台辦公時間撥電話二四四八三零九與主持
人吳如萍女士聯繫。

　　　　　　　　原載二〇〇四年八月十一日《聯合日報》

第九輯

紀念圖輯

▲ 作者許芥子與家人合影（自左至右）前排：作者夫人李惠秀長女許麗嫻；後排：
　長子許祖衡、作者與幼子許祖禎。

▼ 作者許芥子（攝於五〇年代）。

▲ 作者早年與家人合影（自左至右），前排：作者李惠秀父親李柏
泉先生與外孫許祖衡，作者母親李黃玉瓊夫人與長外孫女許麗
嫻；後排：作者妹李惠懿，作者與夫婿許芥子。

藝術是保護這一廈
相依的親群，
大漢上已智著
我們研細什足
叮……

▲ 作者許芥子（早年攝於鼓浪嶼）。

▼ 作者許芥子畫像，陳明勳繪。

後記

李惠秀

　　先夫許芥子與筆者的合集「相印集」，幸得多位熱心文友的關愛鼓勵，和策劃支持，自組稿到編輯，多經周張；從馬尼拉到台北，經名作家楊宗翰老師的大力協助，終於付梓了。

　　承蒙菲華文壇泰斗施穎洲老伯，名學者潘亞暾教授、出版界聞人方鵬程總編輯、大詩人林忠民（本予）與名作家楊美瓊（莎士）文友，在百忙中悉心作序及懷念鴻文，以光篇幅，特謹致謝忱。

　　「椰島抒情」的篇章，有芥子早年的摯愛和夢想；亦有中年及以後的執著與現實。他的雜文蘊涵了入世的觀點和出世的思維；作品很多充滿對社會的警世激情，及蘊藏着寧靜致遠的禪趣。

　　本書是搜羅芥子多年來發表自各報章雜誌，及菲台的文學選集之作品彙編而成。於集稿、打字、校對和策劃方面，承蒙菲華青年名作家莊杰森學棣，以及菲華文壇文化使者伉儷——名作家王勇與林素玲文友的悉心協助，本書始能順利和讀者見面，在此

亦深致謝意。

芥子的新詩，洋溢著濃郁的音樂性，多首為菲華音樂作曲家及大師譜曲，成為旋律優美之獨唱及合唱歌曲；且多首經由菲華樂壇名歌手楊少森、胡秀珍和林燕燕；以及華社名合唱團：菲華文總藝宣隊合唱團，菲華培青合唱團及馬尼剌愛國學校校友合唱團，應邀於華社重要團體：菲華文總藝宣隊、菲華義勇軍同志會與菲華文協等於重要節慶場合演唱，深受聽眾歡迎讚賞；皆為菲華文壇活動所罕見。

由於出版原則及篇幅等關係，上述之芥子多首詩詞的歌曲如：「獻」、「年輕的神」、「亞加舍樹下」、「黃昏之歌」、「孤帆」及「坐看雲起」等之簡譜及五線譜，本書悉未能有機會收入，至有遺珠之憾；殊為可惜。今特向：黃楨茂、莊祖欣（JEFFREY CHING），歐陽飛鶯、張貽泉與施養安諸位音樂名家大師，謹致無限謝意和歉意。

莊杰森學棣，平日熱愛先夫芥子的詩文，承蒙他熱誠慷慨贊助，及悉心安排芥子的詩詞——為名家所譜曲，演唱及伴奏的錄音光碟（CD）之錄製，並將另於馬尼拉發行；讓先夫芥子詩詞美妙的歌聲樂韻，能隨著光碟的旋轉，愉悅自由，翱翔於無涯的時空裡，真是無限的感激。

芥子平日生活恬靜平淡，唯熱愛文藝，對藝術的欣賞，極注重超越表面而進入精神；他的多首題畫詩，就表達了這種心境，也很感激菲華大畫家林龍泉（江一龍）為他的詩悉心配畫，讓美妙的詩情畫意能相得益彰。

很感謝我們菲華文藝協會，為「相印集」的發行作極周到妥

善的安排，還有常務理事林忠民、楊美瓊與莊良有諸位文友的熱
誠贊助，讓先夫芥子和筆者多年在菲華文藝園地的耕耘，都能有
所收穫，在此謹致上萬分謝忱。

　　台灣名作家楊宗翰老師，近年熱心致力菲華文學交流。他悉
心主編由台灣秀威資訊科技股份有限公司出版的「菲律賓・華文
風」書系，正如他所說的，要讓讀者「在台灣閱讀菲華文學的過
去與未來；也讓菲華作家看見台灣讀者的存在。」此誠為意義深
長的好事。

　　「菲華文藝協會」將於明年慶祝成立三十週年，特出版會員
作品結集系列，當為紀念禮物；「相印集」有機會列入這套紀念
叢書，真是難得。

　　筆者深信此亦足以慰先夫芥子在天之靈而莞爾。

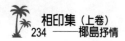

相印集（上卷）
234 ──椰島抒情

語言文學類　PG0733　菲華文協叢書05

相印集（上卷）
——椰島抒情

作　　者/許芥子
責任編輯/林千惠
圖文排版/鄭佳雯
封面設計/陳佩蓉

發 行 人/宋政坤
法律顧問/毛國樑　律師
印製出版/秀威資訊科技股份有限公司
　　　　　114台北市內湖區瑞光路76巷65號1樓
　　　　　電話：+886-2-2796-3638　傳真：+886-2-2796-1377
　　　　　http://www.showwe.com.tw
劃撥帳號/19563868　戶名：秀威資訊科技股份有限公司
　　　　　讀者服務信箱：service@showwe.com.tw
展售門市/國家書店（松江門市）
　　　　　104台北市中山區松江路209號1樓
　　　　　電話：+886-2-2518-0207　傳真：+886-2-2518-0778
網路訂購/秀威網路書店：http://www.bodbooks.com.tw
　　　　　國家網路書店：http://www.govbooks.com.tw
圖書經銷/紅螞蟻圖書有限公司
　　　　　114台北市內湖區舊宗路二段121巷28、32號4樓
　　　　　電話：+886-2-2795-3656　傳真：+886-2-2795-4100

2012年4月BOD一版
定價：270元
版權所有　翻印必究
本書如有缺頁、破損或裝訂錯誤，請寄回更換

國家圖書館出版品預行編目

相印集. 上卷, 椰島抒情 / 許芥子著. -- 一版. -- 臺北
　市 : 秀威資訊科技, 2012.04
　　　面；　公分. -- (菲華文協叢書 ; 5)
　BOD版
　ISBN 978-986-221-927-0(平裝)

848.6　　　　　　　　　　　　　101002440

讀者回函卡

感謝您購買本書，為提升服務品質，請填妥以下資料，將讀者回函卡直接寄回或傳真本公司，收到您的寶貴意見後，我們會收藏記錄及檢討，謝謝！如您需要了解本公司最新出版書目、購書優惠或企劃活動，歡迎您上網查詢或下載相關資料：http:// www.showwe.com.tw

您購買的書名：＿＿＿＿＿＿＿＿＿＿＿＿＿＿＿＿＿＿＿＿＿＿

出生日期：＿＿＿＿＿年＿＿＿＿＿月＿＿＿＿＿日

學歷：□高中 (含) 以下　　□大專　　□研究所 (含) 以上

職業：□製造業　□金融業　□資訊業　□軍警　□傳播業　□自由業
　　　□服務業　□公務員　□教職　　□學生　□家管　　□其它＿＿＿＿

購書地點：□網路書店　□實體書店　□書展　□郵購　□贈閱　□其他

您從何得知本書的消息？

　□網路書店　□實體書店　□網路搜尋　□電子報　□書訊　□雜誌

　□傳播媒體　□親友推薦　□網站推薦　□部落格　□其他＿＿＿＿＿＿

您對本書的評價：(請填代號　1.非常滿意　2.滿意　3.尚可　4.再改進)

　封面設計＿＿＿　版面編排＿＿＿　內容＿＿＿　文／譯筆＿＿＿　價格＿＿＿

讀完書後您覺得：

　□很有收穫　□有收穫　□收穫不多　□沒收穫

對我們的建議：＿＿＿＿＿＿＿＿＿＿＿＿＿＿＿＿＿＿＿＿＿＿＿

＿＿＿＿＿＿＿＿＿＿＿＿＿＿＿＿＿＿＿＿＿＿＿＿＿＿＿＿＿＿＿

＿＿＿＿＿＿＿＿＿＿＿＿＿＿＿＿＿＿＿＿＿＿＿＿＿＿＿＿＿＿＿

＿＿＿＿＿＿＿＿＿＿＿＿＿＿＿＿＿＿＿＿＿＿＿＿＿＿＿＿＿＿＿

11466
台北市內湖區瑞光路 76 巷 65 號 1 樓

秀威資訊科技股份有限公司　　　收
　　　　　BOD 數位出版事業部

···

（請沿線對折寄回，謝謝！）

姓　　名：＿＿＿＿＿＿＿＿＿　年齡：＿＿＿＿　性別：□女　□男

郵遞區號：□□□□□

地　　址：＿＿＿＿＿＿＿＿＿＿＿＿＿＿＿＿＿＿＿＿＿＿＿

聯絡電話：(日) ＿＿＿＿＿＿＿＿＿＿　(夜) ＿＿＿＿＿＿＿＿＿

E-mail：＿＿＿＿＿＿＿＿＿＿＿＿＿＿＿＿＿＿＿＿＿＿＿